庐隐 / 著

辜负人间
不值得

民主与建设出版社
·北京·

编辑说明

本书为庐隐精选散文集。为了尽量保留和还原庐隐的作品原貌，在编辑时，按照已出版的单行本的影件进行核校，部分参校其他版本。

本书中所涉及的因时代原因而与现在标准用法不相符的字词，尽可能地保持原貌。如，的地得，拟声词，年青—年轻，作—做，那—哪，惟—唯，照像—照相，玛琲—吗啡……包括但不限于上述字词。这些字词，读者均可根据文章理解其意，故不做修改。对于错字、别字、赘字，以及个别漏字等情况，且容易造成读者阅读障碍的，则按照现在标准用法进行修改，如"进—进"等错误。

本书的标点符号使用，基本遵照原著习惯，只在个别未加引号或书名号之处，添加引号或书名号。部分标点明显有缺或者有误，且影响正常阅读者，酌情添加或者更正。

本书注释均为编者所加，在文中不一一注明。

序[①]

邵洵美

"我每次作稿,描写某人的悲哀或者烦恼,我只是欺人自欺,说某人怎样的痛哭,无论说得怎样像,但是被我描写的某人,是否和我所想像的伤心程度一样,谁又敢断定呢,然而那些人只是我借他们来为我象征之用……"

上面是庐隐所著《灵海潮汐》中《寄天涯一孤鸿》里面的一段话,可以说是她对于自己作品的一个供状。我们在她的作品里。不但时常可以找见她自己的象征;有许多篇简直完全是自传式的,热烈的情绪从没有一些遮掩。读她的作品,我们可以看见一个直爽的女子,她有着不可

[①] 此文为邵洵美为《庐隐自传》所作的序言,原篇名为《庐隐的故事》,选文时略有删减。

忘怀的过去,但是她明白这人生的意义。她对于一切事情是如此地坦白:她要笑,笑到一切人心跳;她要哭,哭到把所有的眼泪都流干。她是有个性的,她知道这人间世的残酷,她自己受着冤屈,她又为人家抱着不平;她平时总是兴奋着,所以"那我可不在乎"便成了她的口头禅。但是她生性是拘谨的,她的"游戏人间",与其说是一种发挥,不如说是一种报复:所以她所憧憬着的仍是——

"这里是一个很空寂的环境,前面有一条石砌的山路,左右环绕山峦;没有人家,没有村落,也没有游人,只有一两个樵夫背着柴束,向山下林丛中走去,山涧中的流泉,假使发出潺潺的水声。行云和沙冷都沉醉于这伟大的沉默中了。

在他们的眼前,展露着宇宙的神秘,他们的心弦,同时奏着和谐的曲调;他们的内心,充实着美满的光和爱。"

我认识庐隐不过三年,三年内见面不满二十次,每次见面她总和唯建在一块:有时是他们到我家里来,有时是我上他们家里去。因为我不愿意和弄文的人谈文,所以我们见面时，谈话的范围总会扩大到很大很大；也就是为了这个原因，庐隐的性格便常会明白的露出来，她给我的印象便很深。

我记得庐隐常用着最柔软又流利的北平话说"怪事，怪事"！当要添酒时发现了酒瓶已空；或者当抓了三圈抓不到等了半天的嵌五万；或是当人轻轻的对她说她这件淡绿的旗袍更可以配合她个性的时候。从她言语里，我们又可以听出她爱哭；可是当你想要取笑她时，她总好像独自般的说："不，我觉得哭了就爽快。"

说她爽快，恐怕是最能道出她的个性，可是还得明白她感觉的敏锐；她没有一句话不肯爽快的说出来，可是无论你说句什么话，总又引出她一大串爽快的回答或追问。

这些当然是浮面的观察，但是我相信庐隐心底里不会有多大的秘密，要是有，那恐怕连她自己都不会知道。有一次她和唯建故弄玄虚，约了我去，记得还请了新城大杰夫妇，我看见晚饭的菜太华丽了，就问是一个什么宴会，唯建抢着声明是庆祝《象牙戒指》脱稿，可是我们只看见有一个秘密在庐隐嘴唇上发颤，不久就抖出一句带笑的"今天是小妹妹一岁"。

庐隐的天真，使你疑心"时光"不一定会在每一个人心上走过；喝酒是她爱的，写文章是她爱的，打麻雀是她爱的，唯建是她爱的……她还爱许多旁的东西，可是她从没有想过要有选择。对于她，我相信，一对白板不见得比不上唯建两个眼睛里的光芒。

在她文章里最容易找到自己：《玫瑰的刺》当然是事实的记载；《云萝姑娘》《树荫下》那也几乎是从她日记里演化出来的；《地上的乐园》里她的一首定情诗（结束也许是不吉利）；《云鸥情书》那是早由礼锡做过索隐了。

也许因为她喜欢用主观的笔调，所以有很多篇文章是用日记体裁写的，人几乎会疑心她是没有一天间断记日记的。我们更可以在她文章里找到她对于自己的评语，《海滨故人》里的露沙一定是她自己："露沙有很清瘦的面庞和体格，但却十分刚强，她们给她的赞语是'短小精悍'，她的脾气很爽快，但心思极深，对于世界的谜仿佛已经识破。对人们交接，总是诙谐的。"她对于自己性格的诉说，的确和我们对于她的观察一样；不过我真奇怪，她为什么总爱说自己经验的丰富，"对于世界的谜仿佛已经识破？"且看她经验所显示给她的——

"现在的社交，第一步就是以讨论学问为名，那招牌实在是堂皇得很，等你真真和他讨论学问时，他便再进一层和你讨论人生问题，从人生问题，便渲染上许多愤慨悲抑的感情话，打动了你，然后恋爱问题就可以应运而生了。……简直是作戏，所幸当局的人总是一往情深，不然岂不味同嚼蜡！"（《海滨故人》）

"钟文……我在你心目中，不知还是个什么狐狸精或是魔鬼吧！"（《玫瑰的刺》）

"我想游戏人间，反被人间游戏了我！"（《灵海潮汐》）

但是看她真的将讲爱情时，那简直是一个天真的小女孩子！所以我觉得说她聪明也可以，勤奋也可以，活泼也可以，率直也可以，慈悲也可以，甚至严重都可以；但是说她识破世界之谜却无论如何不可以。就因为她识不破世界之谜，所以她会有这样丰富的情感，热烈的兴致，深切的恋爱，和她写文章的勇敢及忍耐；否则那里还会有这七八册心血的结晶！

像庐隐这么一个作家，当然最适宜于写自传了，第一她因为对自己特别感到兴趣,于是会细心的去观察自己而立下几乎是大公无私的评语。第二她有充足的脑力去记忆或是追想她的过去。第三她有勇敢去颂扬自己的长处及指斥自己的弱点。第四她有那种痴戆或是天真去为人家抱不平及暴露人世间的丑恶。第五她有忍耐同时又有深刻的观察力去侦视这人生的曲折。第六她有复杂的经验可以使自传不枯燥。第七她有生动的笔法可以使一切个人的事情使别人感到兴味。第八也是最难得的,便是她是一个"自由人",她不用在文章里代什么人说话或是为什么人辩护及遮蔽。

我第一次读到她的作品,是她的那篇《父亲》,当时好像是发表在《小说月报》上的。我的感想是作者浪漫气息的浓厚,以及她是一位定命论者。当我最后读到《象牙戒指》,我仍是如此感想。一朵红玫瑰,两只象牙戒指,这是庐隐到人间来要讲的故事。

(原载于1934年6月15日上海第一出版社的《庐隐自传》)

目录

窗外蔚蓝如碧海似的青天,和淡金色的阳光。还有挟着桂花香的阵风,都含了极强烈的,挑拨人类心弦的力量。

辑一 窗外的春光

- 002 窗外的春光
- 007 房东
- 020 秋光中的西湖
- 031 玫瑰的刺
- 082 给我的小鸟儿们

灰色最是美丽，一个人的生命如果不带一点灰色，他将永远被摒弃于灵的世界。

辑二　我想游戏人间，反被人间游戏了我

098　最后的命运
100　雷峰塔下——寄到碧落
104　赠李唯建
106　寄天涯一孤鸿
120　灵海潮汐致梅姊
135　呓语

昨夜微雨，新凉宜人，幽斋独处，才能把笔略写心头残影。

辑三 东京小品

142 咖啡店
146 庙会
152 邻居
158 沐浴
162 樱花树头
172 那个怯弱的女人
188 柳岛之一瞥
196 井之头公园
201 烈士夫人

我想攀一攀月色，化作重峦叠嶂间的一抹清风，远渡重洋吹散你眉间的郁色和不安，吹醒四季轮换。

辑四 月下的回忆

212 灵魂的伤痕
217 月下的回忆
223 监守自盗
225 愧
227 夏的歌颂
229 恋爱不是游戏
231 花瓶时代
233 我愿秋常驻人间
235 男人和女人

辑一

窗外的春光

窗外的春光

几天不曾见太阳的影子,沉闷包围了她的心。今早从梦中醒来,睁开眼,一线耀眼的阳光已映射在她红色的壁上,连忙披衣起来,走到窗前,把洒着花影的素幔拉开。前几天种的素心兰,已经开了几朵,淡绿色的瓣儿,衬了一颗朱红色的花心,风致真特别,即所谓"冰洁花丛艳小莲,红心一缕更嫣然"了。同时一股沁人心脾的幽香,喷鼻醒脑,平板的周遭,立刻涌起波动,春神的薄翼,似乎已扇动了全世界凝滞的灵魂。

说不出是喜悦,还是惆怅,但是一颗心灵涨得满满的——莫非是满园春色关不住——不,这连她自己都不能相信;然而仅仅是为了一些过去的眷恋,而使这颗心不能安定吧!本来人生如梦,在她过去的生活中,有多少梦影已经模糊了,就是从前曾使她惆怅过,甚至于流泪的那种情绪，现在也差不多消逝净尽，就是不曾消逝的而在她心头的意义上，也已经变了色调，那就是说从前以为严重了不得的事，现在看来，也许仅仅只是一些幼稚的可笑罢了！

兰花的清香，又是一阵浓厚的包袭过来，几只蜜蜂嗡嗡的在花旁兜着圈子，她深切的意识到，窗外已充满了春光；同时二十年前的一个梦影，从那深埋的心底复活了：

一个仅仅十岁的孩子，为了脾气的古怪，不被家人们的了解，于是把她送到一所囚牢似的教会学校去寄宿。那学校的校长是美国人——一个五十岁的老处女，对于孩子们管得异常严厉，整月整年不许孩子走出那所筑建庄严的楼房外去；四围的环境又是异样的枯燥，院子是一片沙土地；在角落里时时可以发现被孩子们踏陷的深坑，坑里纵横着人体的骨骼，没有树也没有花，所以也永远听不见鸟儿的歌曲。

春风有时也许可怜孩子们的寂寞吧！在那洒过春雨的土地上，吹出一些青草来——有一种名叫"辣辣棍棍"的，那草根有些甜辣的味儿，孩子们常常伏在地上，寻找这种草根，放在口里细细的嚼咀；这可算是春给她们特别的恩惠了！

那个孤零的孩子，处在这种阴森冷漠的环境里，更是倔强，没有朋友，在她那小小的心灵中，虽然还不曾认识什么是世界；也不会给这个世界一个估价，不过她总觉得自己所处的这个世界，是有些乏味；她追求另一个世界。在一个春风吹得最起劲的时候，她的心也燃烧着更热烈的希冀，但是这所囚牢似的学校，那一对黑漆的大门仍然严严的关着，就连从门缝看看外面的世界，也只是一个梦想。于是在下课后，她独自跑到地窖里去，那是一个更森严可怕的地方，四围是石板作的墙，房顶也是冷冰冰的大石板，走进去便有一股冷气袭上来，可是在她的心里，总觉得比那死气沉沉的校舍，多少有些神秘性吧。最能引诱她当然还是那几扇矮小的窗子，因为窗子外就是一座花园。这一天她忽然看见窗前一丛蝴蝶兰和金钟罩已经盛开了，这算给了她一个大诱惑，自从发现了这窗外的春光后，这个孤零的孩子，在她生命上，也开了一朵光明的花，她每天像一只猫儿般，只要有工夫，便蜷伏在那地窖的窗子上，默然的幻想着窗外神秘的世界。

她没有哲学家那种富有根据的想像，也没有科学家那种理智的头脑，她小小的心，只是被一种天所赋予的热情紧咬着。她觉得自己所坐着的这个地窖，就是所谓人间吧——一切都是冷硬淡漠，而那窗子外的世界却不一样了。那里一切都是美丽的，和谐的，自由的吧！她欣羡着那外面的神秘世界，于是那小小的灵魂，每每跟着春风，一同飞翔了。她觉得自己变成一只蝴蝶，在那盛开着美丽的花丛中翱翔着，有时她觉得自己是一只小鸟，直扑天空，伏在柔软的白云间甜睡着。她整日支着颐不动不响的尽量陶醉，直到夕阳逃到山背后，大地垂下黑幕时，她才怏怏的离开那灵魂的休憩地，回到陌生的校舍里去。

她每日照例的到地窖里来——一直过完了整个的春天。忽然她看见蝴蝶兰残了，金钟罩也倒了头，只剩下一丛深碧的叶子，苍茂的在熏风里撼动着，那时她竟莫明其妙的流下眼泪来。这孩子真古怪得可以，十岁的孩子前途正远大着呢，这春老花残，绿肥红瘦，怎能惹起她那么深切的悲感呢？！但是孩子从小就是这样古怪，因此她被家人所摒弃，同时也被社会所摒弃。在她的童年里，便只能在梦境里寻求安慰和快乐，一直到她否认现实世界的一切，她终成了一个疏狂孤介的人。在她三十年的岁月里，只有这些片段的梦境，维系着她的生命。

阳光渐渐的已移到那素心兰上，这目前的窗外春光，撩拨起她童年的眷恋，她深深的叹息了："唉，多缺陷的现实的世界呵!在这春神努力的创造美丽的刹那间,你也想遮饰起你的丑恶吗?人类假使的连这些梦影般的安慰也没有,我真不知道人们怎能延续他们的生命哟!"

但愿这窗外的春光,永驻人间吧!她这样虔诚的默祝着,素心兰像是解意般的向她点着头。

(原载于1934年4月5日《人间世》半月刊杂志创刊号)

房　东

当我们坐着山兜,从陡险的山径,来到这比较平坦的路上时,兜夫"嗐哟①"的舒了一口气,意思是说"这可到了"。我们坐山兜的人呢,也照样的深深的舒了一口气,也是说:"这可到了!"因为长久的颠簸和忧惧,实在觉得力疲神倦呢!这时我们的山兜停在一座山坡上,那里有一所三楼三底的中国化的洋房。若从房子侧面看过去,谁也想不到那是一座洋房,因为它实在只有我们平常比较高大的平房高。不过正面的楼上,却也有二尺多阔的回廊,使我们住房子的人觉得满意。并且在我们这所房子的对面,是峙立着无数的山峦,当晨曦窥云的时候,我们睡在床上,可以看见万道霞光,从山背后冉冉而升。跟着

---

① 感叹词,现用"哎哟"。

雾散云开，露出艳丽的阳光，再加着晨气清凉，稍带冷意的微风，吹着我们不曾掠梳的散发，真有些感觉得环境的松软，虽然比不上列子御风，那么飘逸。至于月夜，那就更说不上来的好了。月光本来是淡青色，再映上碧绿的山景，另是一种翠润的色彩，使人目迷神飞，我们为了它们的倩丽往往更深不眠。

这种幽丽的地方，我们城市里熏惯了煤烟气的人住着，真是有些自惭形秽，虽然我们的外面是强似他们乡下人，凡从城里来到这里的人，一个个都仿佛自己很明白什么似的，但是他们乡下人至少要比我们离大自然近得多，他们的心要比我们干净得多。就是我那房东，她的样子虽特别的朴质，然而她都比我们好像知道什么似的人，更知道些；也比我们天天讲自然趣味的人，实际上更自然些。

可是她的样子，实在不见得美，她不但有乡下人特别红褐色的皮肤，并且她左边的脖颈上长着一个盖碗大的肉瘤。我第一次看见她的时候，对于她那个肉瘤很觉厌恶，然而她那很知足而快乐的老面皮上，却给我很好的印象。倘若她只以右边没长瘤的脖颈对着我，那倒是很不讨厌呢！她已经五十八岁了，她的老伴比她小一岁，可是他俩所做的工作，真不像年纪这么大的人。他俩只有一个儿子，倒有三个孙子，一个孙女儿。他们的儿媳妇是个瘦精精的妇人。她那两只脚和腿上的筋肉，一股一股的隆起，又结实又有精神。她一天到晚不在家，早上五点钟就到田地里去作工，到黄昏的时候，她有时肩上挑着几十斤重的柴来家了。那柴上斜挂着一顶草笠，她来到她家的院子里时，把柴担从这一边肩上换到那一边肩上时，必微笑着同我们招呼道："吃晚饭了吗？"当这时候，我必想着这个小妇人真自在，她在田里种着麦子，有时插着白薯秧，轻快的风吹干她劳瘁的汗液；清幽的草香，阵阵袭入她的鼻观。有时可爱的百灵鸟，飞在山岭上的小松柯里唱着极好听的曲子，她心里是怎样的快活！当她向那小鸟儿瞬了一眼，手下的秧子不知不觉已插了很多了。在她们的家里，从不预备什么钟，她们每一个人的手上也永没有带什么手表，然而她们看见日头正照在头顶上便知道午时到了，除非是阴雨的天气，她们有时见了我们，或者要问一声：师姑，现在十二点了罢！据她们的习惯，对于作工时间的长短也总有个准儿。

住在城市里的人每天都能在五点钟左右起来，恐怕是绝无仅有，然而在这岭里的人，确没有一个人能睡到八点钟起来。说也奇怪，我在城里头住的时候，八点钟起来，那是极普通的事情，而现在住在这里也能够不到六点钟便起来，并且顶喜欢早起，因为朝旭未出将出的天容和阳光未普照的山景，实在别饶一种情趣。更奇异的是山间变幻的云雾，有时雾拥云迷，便对面不见人。举目惟见一片白茫茫，真有人在云深处的意味。然而刹那间风动雾开，青山初隐隐如笼轻绡。有时两峰间忽突起朵云，亭亭如盖，翼蔽天空，阳光黯淡，细雨霏霏，斜风萧萧，一阵阵凉沁骨髓，谁能想到这时是三伏里的天气。我曾记得古人词有"采药名山，读书精舍，此计何时就？"就是我从前一读一怅然，想望而不得的逸兴幽趣，今天居然身受，这是何等的快乐！更有我们可爱的房东，每当夕阳下山后，我们坐在岩上谈说时，她又告诉我们许多有趣的故事，使我们想像到农家的乐趣，实在不下于神仙呢。

女房东的丈夫，是个极勤恳而可爱的人，他也是天天出去作工，然而他可不是去种田，他是替他们村里的人，收拾屋漏。有时没有人来约他去收拾时，他便戴着一顶没有顶的草笠，把他家的老母牛和老公牛，都牵到有水的草地上，拴在老松柯上，他坐在草地上含笑看他的小孙子在水涯旁边捉蛤蟆。

不久炊烟从树林里冒出来，西方一片红润，他两个大的孙子从家塾里一跳一踱的回来了。我们那女房东就站在斜坡上叫道:"难民仔的公公,回来吃饭。"那老头答应了一声"来了",于是慢慢从草地上站起来,解下那一对老牛,慢慢踱了回来。那女房东在堂屋中间摆下一张圆桌,一碗热腾腾的老倭瓜,一碗煮糟大头菜,一碟子海蜇,还有一碟咸鱼,有时也有一碗鱼鲞炖肉。这时他的儿媳妇抱着那个七八个月大的小女儿,喂着奶,一手抚着她第三个儿子的头。吃罢晚饭他给孩子们洗了脚,于是大家同坐在院子里讲家常,我们从楼上的栏杆望下去,老女房东便笑嘻嘻的说:"师姑!晚上如果怕热,就把门开着睡。"我说:"那怪怕的,倘若来个贼呢?……这院子又只是一片石头垒就的短墙,又没个门!""呵哟师姑!真真的不碍事,我们这里从来没有过贼,我们往常洗了衣服,晒在院子里,有时被风吹了掉在院子外头,也从没有人给拾走。倒是那两只狗,保不定跑上去。只要把回廊两头的门关上,便都不碍了!"我听了那女房东的话,由不得称赞道:"到底是你们村庄里的人朴厚,要是在城里头,这么空落落的院子,谁敢安心睡一夜呢?"那老房东很高兴的道:"我们乡户人家,别的能力没有,只讲究个天良,并且我们一村都是一家人,谁提起谁来都是知道的。要是作了贼，这个地方还住得下去吗？"我不觉叹了一声，只恨我不作乡下人，听了这返璞归真的话，由不得不心凉，不用说市井不曾受教育的人，没有天良；便是在我们的学校里还常常不见了东西呢！怎由得我们天天如履薄冰般的，掬着一把汗，时时竭智虑去对付人，那复有一毫的人生乐趣？

我们的女房东，天天闲了就和我们说闲话儿，她仿佛很羡慕我们能读书识字的人，她往往称赞我们为聪明的人。她提起她的两个孙子也天天去上学，脸上很有傲然的颜色。其实她未曾明白现在认识字的人，实在不见得比他们庄农人家有出息。我们的房东，他们身上穿着深蓝老布的衣裳，用着极朴质的家具，吃的是青菜萝卜，白薯掺米的饭，和我们这些穿绸缎，住高楼大厦，吃鱼肉美味的城里人比，自然差得太远了。然而试量量身份看，我们是家之本在身，吃了今日要打算明日的，过了今年要打算明年的，满脸上露着深虑所渍的微微皱痕，不到老已经是发苍苍而颜枯槁了。她们家里有上百亩的田，据说好年成可收七八十石的米，除自己吃外，尚可剩下三四十石，一石值十二三块钱，一年仅粮食就有几百块钱的裕余。以外还有一块大菜园，里面萝卜白菜，茄子豆角，样样俱全。还有白薯地五六亩，猪牛羊鸡和鸭子，又是一样不缺。并且那一所房除了自己住，夏天租给来这里避暑的人，也可租上一百余元，老母鸡一天一个蛋，老母牛一天四五瓶牛奶，倒是纯粹的奶子汁，一点不掺水的。我们天天向他买一瓶要一角二分大洋。他们吃用全都是自己家里的出产品，每年只有进款加进款，却不曾消耗一文半个，他们舒舒齐齐的作着工，过着无忧无虑的日子，他们可说是"外干中强"，我们却是"外强中干"。只要学校里两月不发薪水，简直就要上当铺，外面再掩饰得好些，也遮不着隐忧重重呢！

我们的老房东真是一个福气人，她快六十岁的人了，却像四十几岁的人。天色朦胧，她便起来，作饭给一家的人吃。吃完早饭，儿子到村集里去作买卖，媳妇和丈夫，也都各自去作工，她于是把她那最小的孙女用极阔的带把她驮在背上，先打发她两个大孙子去上学，回来收拾院子，喂母猪，她一天到晚忙着，可也一天到晚的微笑着。逢着她第三个孙子和她撒娇时，她便把地里掘出来的白薯，递一片给他，那孩子笑嘻嘻的蹲在捣衣石上吃着。她闲时，便把背上的孙女儿放下来，抱着坐在院子里，抚弄着玩。

有一天夜里月色布满了整个的山，青葱的树和山，更衬上这淡淡银光，使我恍疑置身碧玉世界，我们的房东约我们到房后的山坡上去玩，她告诉我们从那里可以看见福州。我们越过了许多壁立的巉岩，忽见一片细草平铺的草地，有两所很精雅的洋房，悄悄的站在那里。这一带的松树被风吹得松涛澎湃，东望星火点点，水光泻玉，那便是福州了。那福州的城子，非常狭小，民屋垒集，烟迷雾漫，与我们所处的海中的山巅，真有些炎凉异趣。我们看了一会福州，又从这叠岩向北沿山径而前，见远远月光之下竖立着一座高塔，我们的房东指着对我们说："师姑！你们看见这里一座塔吗？提到这个塔，有一个很有趣的故事，我们这里相传已久了。

"人们都说那塔的底下是一座洞，这洞叫作小姐洞，在那里面住着一个神道，是十七八岁长得极标致的小姐，往往出来看山，遇见青年的公子哥儿，从那洞口走过时，那小姐便把他们的魂灵捉去，于是这个青年便如痴如醉的病倒，吓得人们都不敢再从那地方来。——有一次我们这村子，有一家的哥儿只有十九岁，这一天收租回来，从那洞口走过，只觉得心里一打寒战，回到家里便昏昏沉沉睡了，并且嘴里还在说小姐把他请到卧房坐着，那卧房收拾得像天宫似的。小姐长得极好，他永不要回来。后来又说某家老二老三等都在那里作工。他们家里一听这话，知道他是招了邪，因找了一位道士来家作法。第一次来了十几个和尚道士，都不曾把那哥儿的魂灵招回来；第二次又来了二十几个道士和尚，全都拿着枪向洞里放，那小姐才把哥儿的魂灵放回来！自从这故事传开来以后，什么人都不再从小姐洞经过，可是前两年来了两个外国人，把小姐洞旁的地买下来，造了一所又高又大的洋房，说也奇怪，从此再不听小姐洞有什么影响，可是中国的神道，也怕外国鬼子——现在那地方很热闹了，再没有什么可怕！"

我们的房东讲完这一件故事，不知想起什么，因问我道："那些信教的人，不信有鬼神……师姑！你们读书的人自然知道有没有鬼神了。"

这可问着我了，我沉吟半晌答道："也许是有，可是我可没看见过，不过我总相信在我们现实世界以外，总另有一个世界，那世界你们说他是鬼神的世界也可以，而我们却认那世界为精神的世界……"

"哦！倒是你们读书的人明白……可是什么叫作精神的世界呵！是不是和鬼神一样？"

我被那婆婆这么一问,不觉嗤的笑了,笑我自己有点糊涂,把这么抽象的名词和他们天真的农人说。现在我可怎样回答呢,想来想去,要免解释的麻烦,因啼嚅着道:"正是也和鬼神差不多!"

好了!我不愿更谈这玄之又玄的问题,不但我不愿给她勉强的解释,其实我自己也不大明白,我因指着她那大孙子道:"孩子倒好福相,他几岁了?"我们的房东,听我问她的孩子,十分高兴的答道:"他今年九岁了,已定下亲事,他的老婆今年十岁了。"后又指着她第二个孙子道,"他今年六岁也定下亲,他的老婆也比他大一岁,今年七岁……我们家里的风水,都是女人比丈夫大一岁,我比他公公大一岁,他娘比他爹大一岁……我们乡下娶媳妇,多半都比儿子要大许多,因为大些会作事,我们家嫌大太多不大好,只大着一岁,要算很特别的了。"

"吓!阿姆你好福气,孙子媳妇都定下了,足见得家里有福,要不然怎么作得起。"我们中的老林很羡慕似的,对我们的房东说。我不觉得有些好奇,因对那两个小孩子望着,只见他们一双圆而黑的眼珠对他们的祖母望着,……我不免想这么两个无知无识的孩子,倒都有了老婆,这真是有点不可思议的事实。自然,在我们受过洗礼的脑筋里，不免为那两对未来的夫妇担忧，不知他们到底能否共同生活，将来有没有不幸的命运临到他和她，可是我们的那老房东确觉得十分的爽意，仿佛又替下辈的人作成了一件功绩。

一群小鸡忽然啾啾的嘈了起来。那老房东说："又是田鼠作怪！"因忙忙的赶去看。我们怔怔坐了些时就也回来了，走到院子里，正遇见那房东迎了出来，指着那山缝的流水道："师姑！你看这水映着月光多么有趣……你们如果能等过了中秋节下去，看我们山上过节，那才真有趣，家家都放花，满天光彩，站在这高坡上一看真要比城里的中秋节还要有趣。"我听了这话，忽然想到我来到这地方，不知不觉已经二十天了，再有三十天，我就得离开这个富于自然——山高气清的所在，又要到那充满尘气的福州城市去，不用说街道是只容得一辆汽车走过的那样狭，屋子是一堵连一堵排比着，天空且好比一块四方的豆腐般呆板而沉闷。至于那些人呢，更是俗垢遍身不敢逼视。

日子飞快的悄悄的跑了，眼看着就要离开这地方了。那一天早起，老房东用大碗满满盛了一碗糟菜，送到我的房间，笑容可掬的说："师姑！你也尝尝我们乡下的东西,这是我自己亲手作的,这几天才全晒干了,师姑你带到城里去,管比市上卖的味道要好,随便炒吃炖肉吃,都极下饭的。"我接着说道:"怎好生受,又让你花钱。"那老房东忙笑道:"师姑!真不要这么说,我们乡下人有的是这种菜根子,那像你们城市的人样样都须花钱去买呢!"我不觉叹道:"这正是你们乡下人叫人羡慕而又佩服的地方,你们明明满地的粮食,满院的鸡鸭和满圈子的牛羊猪,是要什么有什么,可是你们样子可都诚诚朴朴的,并没有一些自傲的神气,和奢侈的受用,……这怎不叫人佩服!再说你们一年到头,各人作各人爱作的事,舒舒齐齐的过着日子,地方的风景又好,空气又清,为什么人不羡慕?!……"

那老房东听了这话,一手摸着那项上的血瘤,一面点头笑道:"可是的呢!我们在乡下宽敞清静惯了倒不觉得什么……去年福州来了一班耍马戏的,我儿子叫我去见识见识,我一清早起带着我大孙子下了岭,八点钟就到福州,我儿子说离马戏开演的时间还早咧,我们就先到城里各大街去逛,那人真多,房子也密密层层,弄得我手忙脚乱,实觉不如我们岭里的地方走着舒心……师姑!你就多住些日子下去吧!……"

我笑道:"我自然是愿意多住几天,只是我们学校快开学了,我为了职务的关系,不能不早下去……这个就是城市里的人大不如你们乡下人自在呵!"

我们的房东听了这话,只点了一点头道:"那么师姑明年放暑假早些来,再住在我们这里,大家混得怪熟的,热刺刺的说走,真有点怪舍不得的呢!"

可是过了两天,我依然只得热刺刺的走了,不过一个诚恳而温颜的老女房东的印象却深刻在我的心幕上——虽是她长着一个特别的血瘤,使人更不容易忘怀;然而她的家庭,和她的小鸡和才生下来的小猪儿……种种都充满了活泼泼的生机,使我不能忘怀——只要我独坐默想时,我就要为我可爱而可羡的房东祝福!并希望我明年暑假还能和她见面!

(原载于1928年1月北平古城书社《曼丽》集初版本)

秋光中的西湖

我像是负重的骆驼般,终日不知所谓的向前奔走着;突然心血来潮,觉得这种不能喘气的生涯,不容再继续了,因此便决定到西湖去,略事休息。

在匆忙中上了沪杭甬的火车;同行的有朱、王二女士和建,我们相对默然的坐着,不久车身蠕蠕而动了,我不禁叹了一口气道:"居然离开了上海。"

"这有什么奇怪,想去便去了!"建似乎不以我多感慨的态度为然。

查票的人来了,建从洋服的小袋里掏出了四张来回票,同时还带出一张小纸头来,我捡起来看见上面写着:"到杭州:第一大吃而特吃,大玩而特玩……"真滑稽,这种大计划也值得大书而特书;我这样说着递给朱、王二女士看,她们也不禁哈哈大笑了。

车到嘉兴时，天已大黑，我们肚子都有些饿了，但火车上的大菜既贵又不好吃，我便提议吃茶叶蛋，便想叫茶房去买，他好像觉得我们太吝啬，坐二等车至少也应当吃一碗火腿炒饭，所以他冷笑道："要到三等车里才买得到。"说着他便一溜烟跑了。

"这家伙真可恶！"建愤怒的说着，最后他只得自己跑到三等车去买了来。吃茶叶蛋我是拿手，一口气吃了四个半，还觉得肚子里空无所有，不过当我伸手拿第五个蛋时，被建一把夺了去一面埋怨道："你这个人真不懂事，吃那么许多，等些时又要闹胃痛了。"

这一来只好咽一口唾沫算了。王女士却向我笑道："看你个子很瘦小，吃起东西来倒很凶！"其实我只能吃茶叶蛋，别的东西倒不可一概而论呢！——我很想这样辩护，但一转念，到底觉得无谓，所以也只有淡淡的一笑，算是我默认了。

车子进杭州城站时，已经十一点半了，街上的店铺多半都关了门，几盏黯淡的电灯，放出微弱的黄光，但从火车上下来的人，却吵成一片挤成一堆，此外还有那些客栈的招揽生意的茶房，把我们围得水泄不通，不知花了多少力气，才打出重围叫了黄包车到湖滨去。

车子走过那石砌的马路时,一些熟习的记忆浮上我的观念里来,一年前我同建曾在这幽秀的湖山中作过寓公,转眼之间早又是一年多了,人事只管不停的变化,而湖山呢,依然如故,清澈的湖波,和笼雾的峰峦似笑我奔波无谓吧!

我们本决意住清泰第二旅馆,但是到那里一问,已经没有房间了,只好到湖滨旅馆去。

深夜时我独自凭着望湖的碧栏,看夜幕沉沉中的西湖。天上堆叠着不少的雨云,星点像怕羞的女郎,踟躇于流云间,其光隐约可辨。十二点敲过许久了,我才回到房里睡下。

晨光从白色的窗幔中射进来,我连忙叫醒建,同时我披了大衣开了房门,一阵沁肌透骨的秋风,从桐叶梢头穿过,飒飒的响声中落下了几片枯叶,天空高旷清碧,昨夜的雨云早已躲得无形无踪了,秋光中的西湖,是那样冷静,幽默,湖上的青山,如同深纽的玉色,桂花的残香,充溢于清晨的气流中。这时我忘记我是一只骆驼,我身上负有人生的重担。我这时是一只紫燕,我翱翔在清隆的天空中,我听见神祇的赞美歌,我觉到灵魂的所在地,……这样的,被释放不知多少时候,总之我觉得被释放的那一霎那,我是从灵宫的深处流出最惊喜的泪滴了。

建悄悄的走到我的身后,低声说道:"快些洗了脸去访我们的故居吧!"

多怅惘呵,他惊破了我的幻梦,但同时又被他引起了怀旧的情绪,连忙洗了脸,等不得吃早点便向湖滨路崇仁里的故居走去。到了弄堂门口,看见新建的一间白木的汽车房,这是我们走后惟一的新鲜东西。此外一切都不曾改变,墙上贴着一张招租的帖子,一看是四号吉房招租……"呀!这正是我们的故居,刚好又空起来了,喂,隐!我们再搬回来住吧!"

"事实办不到……除非我们发了一笔财……"我说。

这时我们已到那半开着的门前了,建轻轻推门进去,小小的院落,依然是石缝里长着几根青草,几扇红色的木门半掩着。我们在客厅里站了些时,便又到楼上去看了一遍,这虽然只是最后几间空房,但那里面的气氛,引起我们既往的种种情绪,最使我们觉到怅然的是陈君的死;那时他每星期六多半来找我们玩,有时也打小牌,他总是摸着光头懊恼的说道:"又打错了!"这一切影像仍逼真的现在目前,但是陈君已作了古人,我们在这空洞的房子里,沉默了约有三分钟,才怅然的离去。走到弄堂门的时候,正遇到一个面熟的娘姨——那正是我们邻居刘君的女仆,她很殷勤的要我们到刘家坐坐。我们难却她的盛意,随她进去,刘君才起床,他的夫人替小孩子穿衣服。我们这两个不速之客够使她们惊诧了。谈了一些别后的事情,抽过一支烟后我们告辞出来,到了旅馆里吃过鸡丝面,王、朱两位女士已在湖滨叫小划子,我们讲定今天一天玩水,所以和船夫讲定到夜给他一块钱,他居然很高兴的答应了。我们买了一些菱角和瓜子带到小划子上去吃。船夫是一个五十多岁的忠厚老头子,他洒然的划着,温和的秋阳照着我——使全身的筋肉都变成松缓,懒洋洋的靠在长方形的藤椅背上。看着划桨所激起的波纹,好像万道银蛇蜿蜒不息。这时船已在三潭印月前面,白云庵那里停住了,我们上了岸,走进那座香烟阒然的古庙,一个老和尚坐在那里向阳。菩萨案前摆了一个签筒,我先抱起来摇了一阵得了一个上上签,于是朱、王二女士同建也都每人摇出一根来,我们大家拿了签条嘻嘻哈哈笑了一阵,便拜别了那四个怒目咧嘴的大金刚,仍旧坐上船向前泛去。

　　船身微微的撼动,仿佛睡在儿时的摇篮里,而我们的同伴朱女士,她不住的叫头疼。建像是天真般的同情地道:"对了,我也最喜欢头疼,随便到那里去,一吃力就头疼,尤其是昨夜太劳碌了不曾睡好。"

"就是这话了。"朱女士说,"并且,我会晕车!"

"晕车真难过……真的呢!"建故作正经的同情她,我同王女士禁不住大笑,建只低着头,强忍住他的笑容,这使我更要大笑。船泛到湖心亭,我们在那里站了些时,有些感到疲倦了;王女士提议去吃饭。建说:"到了实行我'大吃而特吃'的计划的时候了。"

我说:"如要大吃特吃就到楼外楼去吧,那是这西湖上有名的饭馆,去年我们曾在这里遇到宋美龄呢!"

"哦,原来如此,那我们就去吧!"王女士说。

果然名不虚传,门外停了不少辆的汽车,还有几个丘八先生点缀这永不带有战争气氛的湖边。幸喜我们运气好,仅有惟一的一张空桌,我们四个人各霸一方,但是我们为了大家吃得痛快,互不牵掣起见,各人叫各人的菜,同时也各人出各人的钱,结果我同建叫了五只湖蟹、一尾湖鱼、一碗鸭掌汤、一盘虾子冬笋,她们二位女士所叫的菜也和我们大同小异。但其中要推王女士是个吃喝能手,她吃起湖蟹来,起码四五只,而且吃得又快又干净。再衬着她那位最不会吃湖蟹的朋友朱女士,才吃到一个的时候,便叫起头疼来。

"那么你不要吃了,让我包办吧!"王女士笑嘻嘻的说。

"好吧！你就包办，……我想吃些辣椒，不然我简直吃不下饭去。"朱女士说。

"对了，我也这样，我们两人真是事事相同，可以说百分之九九一样，只有一分不一样……"建一本正经的说。

"究竟不同是那一分呢！"王女士问。

"你真笨伯，这点都不知道，一个是男人一个是女人呵！"建说。

这时朱女士正捧着一碗饭待吃，听了这话笑得几乎把饭碗摔到地上去。

"简直是一群疯子。"我心里悄悄的想着，但是我很骄傲，我们到现在还有疯的兴趣，于是把我们久已抛置的童年心情，从坟墓里重新复活，这不能说这不是奇迹罢！

黄昏的时候，我们的船荡到艺术学院的门口，我同建去找一个朋友，但是他已到上海去了；我们嗅了一阵桂花的香风后，依然上船，这时凉风阵阵的拂着我们的肌肤，朱女士最怕冷，裹紧大衣，仍然不觉得暖，同时东方的天边已变成灰暗的色彩，虽然西方还漾着几道火色的红霞，而落日已堕到山边，只在我们一霎眼的工夫，已经滚下山去了。远山被烟雾整个的掩蔽着，一望苍茫。小划子轻泛着平静的秋波，我们好像驾着云雾，冉冉的已来到湖滨。上岸时，湖滨已是灯火明耀，我们的灵魂跳出模糊的梦境。虽说这马路上依然是可以漫步无碍，但心情却已变了。回到旅馆吃了晚饭后，我们便商量玩山的计划，上山一定要坐山兜，所以叫了轿班的头老，说定游玩的地点和价目；这本是小问题，但是我们却充分讨论了很久；第一因为山兜的价钱太贵，我同朱女士有些犹疑，可是建同王女士坚持要坐，结果是我们失败了，只得让他们得意扬扬的吩咐轿班第二天早晨七点钟来。

今日是十月九日——正是阴历重九后一日，所以登高的人很多，我们上了山兜，出涌金门，先到净慈观去看浮木井——那是济颠和尚的灵迹。但是在我看来不过一口平凡的井而已，所闻木头浮在当中的话，始终是半信半疑。

出了净慈观又往前走，路渐荒芜，虽然满地不少黄色的野花，半红的枫叶，但那透骨的秋风，唱出飒飒瑟瑟的悲调，不禁使我又悲又喜；像我这样劳碌的生命，居然能够抽出空闲的时间来听秋蝉最后的哀调，看枫叶鲜艳的色彩，领略丹桂清绝的残香，——灵魂绝对的解放，这真是万千之喜。但是再一深念，国家危难，人生如寄，此景此色只是增加人们的哀痛，又不禁悲从中来了……我尽管思绪如麻，而那抬山兜的伕子，不断的向前进行，渐渐的已来到半山之中。这时我从兜子后面往下一看，但见层崖垒壁，山径崎岖，不敢胡思乱想了，捏着一把汗，好容易来到山顶，才吁了一口长气，在一座古庙里歇下了。

同时有一队小学生也兴致勃勃的奔上山来，他们每人手里拿了一包水果一点吃的东西，都在庙堂前面院子里的雕栏上坐着边唱边吃。我们上了楼坐在回廊上的藤椅上，和尚泡了上好的龙井茶来，又端了一碟瓜子，我们坐在藤椅上，东望西湖，漾着滟滟光波；南望钱塘，孤帆飞逝，激起白沫般的银浪。把四围无限的景色，都收罗眼底。我们正在默然出神的时候，忽听朱女士说道："适才上山我真吓死了，若果摔下去简直骨头都要碎的，等会儿我情愿走下去。"

"对了，我也是害怕，回头我们两人走下去罢，让她们俩坐轿！"建说。

"好的。"朱女士欣然的说。

我知道建又在使促狭，我不禁望着他好笑。他格外装得活像说道："真的我越想越可怕，那样陡削的石级，而且又很滑，万一伕子脚一软那还了得，……"建补充的话和他那种强装正经的神气，只惹得我同王女士笑得流泪。

一个四十多岁的和尚,他悄然坐在大殿里,看见我们这一群疯子,不知他作何感想,但见他默默无言只光着眼睛望着前面的山景。也许他也正忍俊不禁,所以只好用他那眼观鼻,鼻观心的苦功罢!我们笑了一阵,喝了两遍茶才又乘山兜下山。朱女士果然实行她步行的计划,但是和她表同情的建,却趁朱女士回头看山景的一刹那,悄悄躲在轿子里去了。

"喂!你怎么又坐上去了?"朱女士说。

"呀!我这时忽然想开了,所以就不怕摔,……并且我还有一首诗奉劝朱女士不要怕,也坐上去罢!"

"到底是诗人,……快些念来我们听听罢!"我打趣他。

"当然,当然。"他说着便高声念道:"坐轿上高山,头后脚在先。请君莫要怕,不会成神仙。"

这首诗又使得我们哄然大笑。但是朱女士却因此一劝她才不怕摔,又坐上山兜了。中午的时候我们在龙井的前面斋堂里吃了一顿素菜,那个和尚说得一口漂亮的北京话,我因问他是不是北方人。他说:"是的,才从北方游方驻扎此地。"这和尚似乎还文雅,他的庙堂里挂了不少名人的字画,同时他还问我在什么地方读书,我对他说家里蹲大学,他似解似不解的诺诺连声的应着,而建的一口茶已喷了一地。这简直是太大煞风景,我连忙给了他三块钱的香火资,跑下楼去,这时日影已经西斜了,不能再流连风景,不过黄昏的山色特别富丽,彩霞如垂幔般的垂在西方的天际,青翠的岗峦笼罩着一层干绡似的烟雾,新月已从东山冉冉上升;远远如弓形的白堤和明净的西湖都笼在沉沉暮霭中,我们的心灵浸醉于自然的美景里,永远不想回到热闹的城市去,但是轿夫们不懂得我们的心事,只顾奔他们的归程,"唷咿"一声山兜停了下来,我们翱翔着的灵魂,重新被摔到满是陷阱的人间。于是疲乏无聊,一切的情感围困了我们。

晚饭后草草收拾了行装,预备第二天回上海,这秋光中的西湖又成了灵魂上的一点印痕,生命的一页残史了。

可怜被解放的灵魂眼看着它垂头丧气的又进了牢囚。

十一,八日　上海

(原载于1932年11月13日《申江日报》副刊)

玫瑰的刺

　　当然一个对于世界看得像剧景般的人,他最大的努力就是怎样使这剧景来得丰富与多变化,想使他安于任何一件事,或一个地方,都有些勉强。我的不安于现在,可说是从娘胎里带来的,而且无时无刻不想把这种个性表现在各种生活上,——我从小就喜欢飘萍浪迹般的生活,无论在什么地方住上半年就觉得发腻,总得想法子换个地方才好,当我中学毕业时虽然还只有十多岁的年龄,而我已开始撇开温和安适的家庭去过那流浪的生活了。记得每次辞别母亲和家人,独自提着简单的行李奔那茫茫的旅途时,她们是那样的觉得惘然惜别,而我呢,满心充塞着接受新刺激的兴奋,同时并存着一肩行李两袖清风,来去飘然的情怀。所以在一年之中我至少总想换一两个地方——除非是万不得已时才不。

但人间究竟太少如意事，我虽然这样喜欢变化，而在过去的三四年中，我为了生活的压迫，曾经俯首贴耳在古城中度过。这三四年的生活，说来太惨，除了吃白粉条，改墨卷，作留声机器以外，没有更新鲜的事了。并且天天如是，月月如是，年年如是。唉！在这种极度的沉闷中，我真耐不住了。于是决心闯开藩篱，打破羁勒，还我天马行空的本色，狭小的人间世界，我不但不留意了，也再不为它的职权所屈伏了。所以在过去的一年中，我是浪迹湖海——看过太平洋的汹涛怒浪，走过繁嚣拥挤的东京，留连过西湖的绿漪清波。这些地方以西湖最合我散荡的脾胃，所以毫不勉强的在那里住了七个多月，可惜我还是不能就那样安适下去，就是这七个月中我也曾搬过两次家。

第一次住在湖滨——那里的房屋是上海式的鸽子笼，而一般人或美其名叫洋房。我们初搬到洋房时，站在临湖的窗前，看着湖中的烟波，山上的云霞，曾感到神奇变化的趣味，等到三个月住下来，顿觉得湖山无色，烟波平常，一切一切都只是那样简单沉闷，这个使我立刻想到逃亡。后来花了两天工夫，跑遍沿湖的地方，最终在一条大街的弄堂里，发现了一所颇为幽静的洋房，这地方很使我满意，房前有一片苍翠如玉的桑田，桑田背后漾着一湾流水。这水环绕着几亩禾麦离离的麦畦；在热闹的城市中，竟能物色到这种类似村野的地方：早听鸡鸣，夜闻犬吠，使人不禁有世外桃源之想。况且进了那所房子的大门，就看见翠森森一片竹林，在微风里摇掩作态；五色缤纷的指甲花，美人蕉，金针菜，和牵牛，木槿都利利落落布满园中；在万花丛里有一条三合土的马路，路旁种了十余株的葡萄，路尽头便是那又宽敞又整洁的回廊。那地方有八间整齐的洋房，绿阴阴的窗纱，映了竹林的青碧，顿觉清凉爽快。这确是我几年来过烦了死板和烦嚣的生活，而想找得的一个休息灵魂的所在。尤其使我高兴的是门额上书着"吾庐"两个字；高人雅士原不敢希冀，但有了正切合我脾味的这个所在，谁管得着是你的"吾庐"，或他的"吾庐"？暂时不妨算是我的"吾庐"，我就暂且隐居在这里，何尝不算幸运呢？

在"吾庐"也仅仅住了一个多月，而在这一个多月中，曾有不少值得记忆的片段，这些片段正像是长在美丽芬芳的玫瑰树上的刺，当然有些使接触到它的人们，感到微微的痛楚呢！

(一)捉贼

当我们初到一个地方——一个陌生的地方,容易感到兴趣,但也最容易感到一种莫明其妙的疑惧,好像对于一个初次见面的朋友,多少总有些猜不透的感想。

当天我们搬到"吾庐"来——天气正是三伏,太阳比火伞还要灼人,大地生物都蒸闷得抬不起头来。我们站在回廊下看那些劳动的朋友们,把东西搬进来,他们真够受,喉咙里想是冒了火,口张着直喘气,额角上的青筋变成红紫色一根根的隆起来。汗水淋着他们红褐色的脸,他们来往搬运了足足有二十多趟,才算完事。他们走后,我同建又帮着叶妈收拾了大半天,不知不觉已近黄昏了,——这时候天气更蒸闷,云片呆板着纹丝不动,像一个严肃无情的哲人面孔。树木也都静静的立着,便是那最容易被风吹动,发出飒飒声音的竹叶,也都是死一般的沉寂。气压非常低,正像铅块般罩在大地上。这时候真不能再工作,那些搬来的东西虽只是安排了个大体,但谁真也不想再动一下。我们坐在回廊的石栏杆上,挥动大芭蕉叶,但汗依然不干。

吃过晚饭时,天空慢慢发生了变化。不知从那里来了一股不合作的气流,这一冲才冲破了天空的沉闷。一阵风过,竹叶也开始歌唱起来,花花飒飒的声响,充满了小小的庭园。忽然一个巨大的响声,从围墙那里发出来,我们连忙跑去看,原来前几天连着下雨,土墙都霉烂了。这时经过大风,便爽性倒塌了。——墙的用处虽然不大,但总强似没有。那么这倒了半边的墙,多少让我们有点窘;墙外面是隔壁农人家里的场院,那里堆了不少的干草,柳荫下还拴着一头耕田的黄牛。"呵,这里多么空旷,今夜要提防窃贼呢!"我看到之后不由对建和自己发出这样的警告。建也有同感,他皱紧眉头说:"也许不要紧,因为这墙外不是大街,只是农人的家,他们都有房产职业,必不致作贼。再说我们也是穷光蛋……不过倘使把厨房里的锅和碗都偷去,也就够麻烦的。"

"是呵,我也有点怕。"我说。

"今夜我们留心些睡,明天我去找房东喊他派人来修理好了。"建在思索之后,这样对我说。这事情就这样解决了,大家都安然回到屋子里去。

"新地方总有些不着不落的。"我独自低语着。恰巧一眼又看到窗外黑黝黝的竹林,和院子中低矮而浓密的冬青树,这样幽怪的场所,——陡然使我想到一个眼露凶焰，在暗陬里窥望着我们的贼，正躲藏在那里，"嗳呀！"我竟失声的叫了出来。建和同搬来的陈太太都急忙跑来问是见了什么？

我不禁脸红，本来什么都没见，只是心虚疑神疑鬼罢了，但偏像是见了什么。这简直是神经病吗？承认了究竟有点不风光。只好撒谎说是一只猫的影子从我面前闪过，不提防就吓得叫起来了。这算掩饰过了，不过这时更不敢独自个坐在屋里，只往有人的地方钻。

晚上睡觉的时候，也是抱着满肚子鬼胎的，不住把眼往黑漆的角落里望，很怕果真是见到什么。但越怕越要看，而越看也越害怕。最上的方法还是闭上眼，努力的把思想用到别方面去，这才渐渐的睡熟了。

在梦中也免不了梦到小贼和鬼怪一类可怕的东西。

恍惚中似有一只巨大的手，从脑后扑来，撼动我的头部。"糟了！"我喊着。心想这一来恐怕要活不成，我拼命的喊叫"救命"！但口里却发不出声音来，莫非声带已被那只大手掐断了吗？想到这里真想痛哭。隐隐听见有人在叫我的名字，我用力的睁开两眼一看，原来是建慌张的站在我的面前，他的手正撼动着我的头部——这就是我梦中所见到的大手。但时候已是深夜，他为什么不睡却站在

这里,而且电灯也不开,我正怀疑着,只听他低声说:

"外面恐怕来了贼!"

"真的吗,你怎么晓得?"我问。

"我听见有人从瓦上走过的声音,像是到我们的厨房里去了。"

"呀!原来真有人来偷我们的碗吗?"我自心里这么想着,但我说不出话来。只怔怔的看着建,停了一会儿,他说:

"我到外面看看去。"

"捉贼去吗?这是危险的事,你一个人不行,把陈喊起来吧!"我说。——陈是我们的朋友,他和夫人也住在我们的新居里,他是有枪阶级,这年头枪是好东西,尤其捉贼更要借重他。建很赞同我的提议,然而他有些着慌,本打算打开寝室的门,走过堂屋去找陈!而在慌忙中,门总打不开。窗外的竹林飒飒的只是响,颓墙上的碎瓦片又不住花花的往下落,深夜寂静中偏有这些恼人心曲的声响,使我更加怕起来。但为了建的缘故,我只得大着胆子走向门边帮他开门;其实那门很容易开,我微微用力一拧,便行了,不知建为什么总打不开,这使得我们都有些觉得可笑。他走到陈的住房门口敲门,陈由梦中惊醒问道:"什么事呀!"

"你快点起来吧!"陈听了这话,便不再问什么,连忙开了房门,同时他把枪放在衣袋里。

"我们到院子里看看去,适才我听见些声响!"建说。

"好,什么东西,敢到这里来捣乱!"陈愤然的说。

陈的马靴走在地板上,震天价响,我听见他们打开堂屋的门走出去了。我两眼望见黑黝黝的窗外不禁怕起来,倘使贼趁他俩到外面去时,他便从前面溜进来,那怎么好?想到这里就打算先把房门关上,但两条腿简直软到举不起。于是我便作出蠢得令人发笑的事情来,我把夹被蒙住头,似乎这样便可以不怕什么了。

担着心,焦急的等待他们回来,时间也许只有五分钟,而我却闷出了一身大汗,直到建进来,我才把头从被里伸出来。

"怎么样,看见贼了吗?"我问。

"没有!"建说。

"你不是说听见有人走路的声音吗?"我问。

"真的,我的确是听见的,也许我们出去时,他就从缺墙那里逃去了!"建说。

"不是你作梦吧?"我有些怀疑,但他更板起面孔,一股正经的说道:"没有的话,我明明听见的,我足足听了两三分钟,才叫你醒来的。"

"园子里到处都看过了吗?莫非躲在竹林子里吗?"我说。

"绝对没有,我同陈到处都看过了,竹林里我们看过两次,什么都没有看到,除了一只黑猫!"建说。

"没有就是了!不然捉住他又怎样对付呢?"我说。

"你真傻,这有什么难办,送到公安局去好了!"建说。

"来偷我们的贼,也就太可怜,我们有什么可偷?偷不到还要被捉到公安局去,不是太冤了吗?"我说。

"世界上只有小贼才是贼,至于大贼偷名偷利,甚至于把国家都偷卖了,那都是人们所崇拜的大人物,公安局的人连正眼都不敢觑他一觑呢!"建说。

"你几时又发明了这样的真理!"

建不禁笑了,我也笑了,捉贼的一幕,就这样下了台。

(二)池旁

这所新房子里，原来还有一个小小的池塘，在竹林的前面的墙角边，今天下午我们才发现。池塘中的水似乎不深，但用竹篙子试了试以后，才晓得虽不深，也有八九尺，倘若不小心掉下去，也有淹死的可能呢！

沿着池塘的边缘，石缝中，有几只螃蟹在爬着，据叶妈说里面也有三四寸长的小鱼——当她在那里洗衣服时，看见它们在游泳着。这些花园，池塘，竹林，在我们住惯了弄堂房子的人们从来只看见三合土如豆腐干大小的天井的，自然更感到新鲜有生机了。黄昏时我同建便坐在池塘的石凳上闲谈。

正在这时候门口的电铃响了一阵，我跑去开门，进来了两位朋友，一个瘦长脸上面有几点痘瘢的是万先生，另外一位也是瘦长脸，但没有痘瘢，面色比较近似褐色的是时先生。

万先生是新近从日本回国，十足的日本人的气派，见了我们便打着日语道"シバラクデシタ"（意思是久违了），我们也就像煞有介事的说了一声"イラッシセイ"（意思是欢迎他们来），但说过之后，自己觉得有点肉

麻，为什么好好的中国人见了中国人，偏要说外国话？平常听见洋学士洋博士们和人谈话，动不动夹上三两句洋文，便觉得头疼，想不到自己今天也破了例，洋话到底是现代的时髦东西咧！

说到那位时先生虽不曾到过外洋，但究竟也是二十世纪的新青年，因此说话时夹上两三个英文名词，也是当然的了。

我们请他们也坐在池塘旁的石凳上。

——这时我的思想仍旧跑到说洋话的问题上面去：据我浅薄的经验，我永不曾听见过外国人互相间谈话曾引用句把中文的，为什么我们中国人讲中国话一定要夹上洋文呢？莫非中国文字不足表达彼此间的意思吗？——尤其是洋学士大学生们——当然我也知道他们的程度是强煞一般民众，不过在从前闭关时代，就不见得有一个人懂洋文，那又怎么办呢？就是现在土货到底多过舶来品，然则这些人永远不能互相传达思想了，可是事实又不尽然——难道说，说洋话仅仅是为了学时髦吗？"时髦"这个名词究竟太误人了，也许有那么一天，学者们竟为了"时髦"废除国语而讲洋文……那个局面可就糟！简直是人不杀你你自杀，自己往死里钻呵！……

我只呆想着这些问题，倒忘记招呼客人，还是建提醒说："天气真热，让叶妈剖个西瓜来吃吧？"

我到里面吩咐叶妈拿西瓜，同时又拿了烟来。客人们吸着烟，很悠闲的说东谈西，万先生很欣赏这所房子，他说这里风景清幽，大有乡村味道，很合宜于一个小说家，或一个诗人住的。时先生便插言道：

"很好，这里住的正是一位小说家，和一位诗人！"

我们对于时先生的话，没有谦谢，只是笑了一笑。

万先生却因此想到谈讲的题目，他问我：

"女士近来有什么新创作吗？我很想拜读！"

"天气太热，很难沉住心写东西，大约有一个多月，我不曾提笔写一个字。听说万先生近来很译些东西，是那一个人的作品？"我这样反问他。

"我最近在译日本女作家林芙美子的《放浪记》，这是一篇轰动日本现代文坛的新著作。"……万先生继续着谈到这一位女作家的生平……

"真的，这位女作家的生活是太丰富了，她当过下女，当过女学生，也当过戏子，并且嫁过几次男人。……我将来想写一篇关于她的生活的文章，一定很有趣味！"

叶妈捧着一大盘子的西瓜来了，万先生暂时截断他的话，大家吃着西瓜，渐渐天色便灰黯起来。建将回廊下的电灯开了，隐隐的灯光穿过竹林，竹叶的碎影，筛在我们的襟袖上，大家更舍不得离开这地方。池塘旁的青蛙也很凑趣，它们断断续续的唱起歌来。万先生又继续他的谈话：

"林芙美子的样子、神气，和不拘的态度都很像你。"他对我这样说。

"真的吗？可惜我在日本的时候没有去看看她……我觉得一个人的样子和神气都能相像，是太不容易碰到的事情，现在居然有……我倘使将来有机会再到日本去，一定请你介绍我见见她。……"

"她也很想见你。"万先生说。

"怎么她也想见我？……"我有些怀疑的问他。

"是的，因为我曾经和她谈过你，并且告诉她你在东京，当时她就要我替她介绍，但我在广岛，所以就没有来看你。"

谈话到了这里，似乎应当换个题目了，在大家沉默几分钟之后，我为了有些事情须料理便暂时走开。他们依然在那里谈论着，当我再回到池塘旁时，他们正在低声断续的谈着。

"喂，当心，拥护女权的健将来了！"建对我笑着说。

"你们又在排揎女子什么了？"

"没有什么，我们绝不敢……"时先生含笑说。

"哼，没有什么吗？你们掩饰的神色，我很看得出，正像说'此地无银三百两'，不是辩解，只是口供罢了！"

这话惹得他们全哈哈的笑起来，万先生和时先生竟有些不大好意思，在他们脸上泛了点微笑。

"我们只是讨论女性应当怎样才可爱？"万先生说。

"那为什么不讨论男性应当怎样才可爱呢？"我不平的反驳他们。

"本来也可以这样说。"万先生说。

"不见得吧！你们果真存心这样公平也就不会发生以上的问题了！"我说。

"不过是这样，女性天生是站在被爱的地位上，这实在是女性特有的幸福，并不是我们故意侮辱女性！"时先生说。

"好了，从古到今女子只是个玩物，等于装饰品一类的东西……这是天意，天意是无论如何要遵从的；不过你们要注意在周公制礼作乐之前，男女确是平等的呢！"

"其实这都不成问题,我们不过说说玩笑罢了!"万先生说。

他们脸上,似乎都有些不自然的表情,我也觉得不好深说下去,无论如何,今天我总是个主人,对于一个客人,多少要存些礼貌。——我们正当词穷境窘的时候,叶妈总算凑了趣,她来喊我们去吃饭。

(三)小小的猜忌

我们的新家,不断的有客来,——最近万先生因为喜欢这里的环境好,他就搬到我们的厢房里住着,使这比较冷静的小家庭顿然热闹起来。每天在午饭后,我们多半齐集在客厅里谈谈笑笑,很有意思,并且时先生也多半要来加入的。

有一天,天色有些阴暗,但仍然闷热,我们都不想工作,万先生虽比我们吃得苦,不管汗怎么流,他还伏在桌旁译他的文章,不过也只写了三五行,便气喘着到客厅里来,人人都有些倦,谈话也不起劲。正在这时,听见铃响,门响,最后是许多细碎的高跟皮鞋走在石子路的声响。我们知道有客来，然而想不起是谁，好奇心驱逐着我，离开沙发走到门口去欢迎。纱门打开后只见时先生领着两位时髦的小姐，走了进来。——这两位小姐都是摩登式的，但一个是带有东方美人的姿态，长发掠得光光的披垂在肩上，身着水绿色镶花边的长旗袍，脚上穿着黑色的带钻花的漆皮鞋，长筒肉色丝袜，态度称得起温柔婉媚，只是太富肉感，同时就不免稍嫌笨重。至于那一位呢，面容是比较清瘦，但因为瘦，所以脖颈就特别显长，再穿上中国化的西装，胸部的上端完全露在外面，更使人觉得瘦骨如柴的可怜了。她也是穿的黑皮鞋，肉色长筒袜，但是衣服是鲜艳的桃色。时先生呢，还是穿的他那件已经旧了的白色夏布大衫。"究竟女子是被人爱的。"我莫明其妙的又想到这句话，神情呆板的忘却招呼这两位尊贵的来客，而客人竟来和我行握手礼。我有些窘，连忙问好，又请她们坐，仿佛在云端里似的忙乱了一阵。

这两位客人，绝不是初会，所以彼此间谈到别后的情形，竟至滔滔不绝，这一来把万先生和时先生都冷落在一旁，但我觉得他们也还感兴趣，大约这又是两位摩登小姐的魔力了。

天将近黄昏了，西北方的阴云更积得厚起来，两位小姐便站起来告辞，我当然要挽留她们再坐一坐，不过快到夜饭的时候了，家里没有留客吃饭的菜，也不敢着实的留住她们。而万先生和时先生挽留她们的态度就比我诚恳多了。两位小姐就允许明天早些来同我们玩个整天。

客人走后，我们仍旧回到客厅里来。

"你们看这两位小姐够得上几分？建！"万先生说。

"你们说说看。"建不曾具体答复。

"我说那位胖些的芝小姐还不错，可以得个七十五分，菡小姐呢，太瘦了，并且背似乎还有些驼，最多只得六十五分。"时先生这样批评。

"我觉得她们都很平常，大概也只能得这个分数吧！"建沉思后这样说了。

万先生听见他们两人的谈话，似乎有些不平，他很起劲的站起来，走到放在房中间的圆桌旁，倒了一杯茶喝过之后说：

"我的意思和你们两位正相反，我觉得菡小姐比芝小姐好，芝小姐那么胖，只能给人一些肉的刺激。菡小姐却有一种女性的美，眉梢眼角很有些动人处。"

"当然你是情人眼里出西施呀！"时先生似开玩笑似讥讽的说，"你们不晓得万先生对于菡小姐是一见倾心，他屡次在我面前夸奖她呢!"

"这真笑话,我老万何至于那么无聊!"万先生说。

"你何必说那样的撇清话呢,这个年头谁没有一两件浪漫事儿呢?"时先生打趣般的说。

"好了,老时你为什么不说说你自己的浪漫史呵!"万先生报复的说。

"万先生和时先生本来是很好的朋友,你们彼此间的浪漫史,自然谁也不必瞒谁,何妨说出来给我们听听呢?"我说。

"你们不晓得老时从前有许多爱人,就是那位玉小姐他也曾爱过。"万先生说。

"既是有过爱人怎么不爱到底呢?"建问。

"大约玉小姐又有了新欢吧?……这个年头的小姐们真不容易对付,因为恋爱不知害了多少好青年!"万先生说。

"不过恋爱到底是富于活跃的生命的,无论怎么可怕,我还是要爱,只可惜现在没有相当的对象,喂,你们也替我帮帮忙呵!"时先生说。

"你是不是想向芝小姐进攻?"万先生问。

"那也不一定……你呢?……不过你已经有了老婆,

当然用不着了。"

"哦,万先生已经结过婚吗?……那真有点不对,前天晚上,你还要我替你介绍一个老婆,我幸喜还没替你进行!……"万先生本来说他需要一个老婆,我以为他还不曾结婚呢,时先生今夜无意中泄漏了他的秘密,我又责问他;自然他大不高兴,但他也不好说什么,只是无精打采的沉默着。

一个小小猜忌的根芽就在这时候种下了。

第二天我们伴着两位小姐去游湖,划子到岳王庙时,我们上了岸,到附近的杏花村去吃饭。

杏花村是一个很有幽趣的所在,小小的园子里有几座灵巧的亭子,我们就在西南的那一个亭子里坐下。伙计在那铺着白色的台布上安放了象牙箸,银匙,酒杯,随后就端了几盆时鲜的雪藕和板栗来。

在吃栗子的时候,万先生剥了一个送到菡小姐的面前说:"请吃一个!"

"老万又要碰钉子了!"时先生插嘴说。

果然菡小姐将栗子送了回来说:"万先生请自己吃,我们虽是弱者,但剥栗的力量还有。"

"哈哈……"全桌的人都笑了。

万先生真不好意思,由不得迁怒到时先生身上:

"老时你何必专门敲边鼓!"

时先生不说什么,只是笑。万先生也沉默起来,而那两位小姐却高谈阔论得非常起劲。

今夜大家都喝了些酒。时先生格外高兴的同两位小姐攀谈着,只有万先生一声不响的望着湖水出神。

"老万!怎么不说话,莫非见景生情,想到日本的情人吗?"时先生似挑拨般的说。

"真怪事,我老万有没有情人想不想情人,与你老兄有什么关系?何必这样和我过去!"万先生真有些气愤了。

为了他俩的猜忌,我们也没了兴致。

在回来的路上,建如有所感的对我说:

"女人究竟是祸水,为了一个女人,可以亡国,可以破家,当然也可以毁了彼此间的友谊!何况小小的猜忌!"

(四)一阵暴风雨

吃过午饭后建出去看朋友。

万先生陈太太和我都在客厅里坐着。不久时先生也来了,今天那两位小姐还要来——我们就在这里等候她们。

始终听不见门上的电铃响,时先生和我们都在猜想她们大概不来了。忽然沉默的陈太太叫道:"客人来了!客人来了!"万先生抢先的迎了出去,一个面生的女客提着一个手提箱,气冲冲的走了进来:

"这里有没有一位张先生?"

"有,但是他出去了。"

"什么时候回来?"

"那我们不清楚!……您贵姓?"万先生问她。

"我吗?姓张。"

"是张先生的亲眷吗?从那里来?"

"是的,我从上海来!"

万先生殷勤的递了一杯茶给她,她的眼光四处的溜着神气不善,我有些怀疑她的来路,因悄悄的走了出来,并向万先生和时先生丢了一个眼色。他们很机警,在我走后他们也跟了出来。

"你们看这个女人是什么路道?"我问。

"来路有点不善,我觉得,……你同张先生很熟,大约总有点猜得出吧!"

张先生是我一个很好的朋友，他最近也搬到此地来住。他是一个好心的人，不过年轻的时候，有些浪漫，我曾听他说，当他在上海读书的时候，曾被一个咖啡店的侍女引诱过，——那时他住在学校附近的一所房子的三层楼上。有一天他到咖啡店里去吃点心，有一个女招待很注意他，——不过那个女招待样子既不漂亮，脸上还有利利落落的痘瘢，这当然不能引起他的好感。吃过点心后他仍回到家里去。

过了一天，他正在房里看书，只见走进一个女子——这突如其来的不速之客当然使他不由得吃惊，不过在他细认之后，就看出那女子正是咖啡店里注意他的侍女。

"哦，贵姓张吗？请将今天的报借我看看。"

张先生把报递给她，她看过之后，仍旧坐着不动。

当然张先生不能叫她走，便和她谈东说西的说了一阵，直到天黑了她才辞去。

第二天黄昏时，她又来找张先生，她诉说她悲苦的身世，张先生是个热心肠的人，虽不爱她，却不能不同情她没有父母的一个孤苦女儿，——但天知道这是什么运命，这一天夜里，她便住在张先生的房里。

这样容易的便发生关系，张先生不能不怀疑是上了当，因此第三天就赶紧搬到他亲戚家里去了。

几个月之后，那个女子便来找他。在亲戚家里会晤这样一个咖啡店的侍女，究竟不风光，因此他们一同散步到徐家汇那条清静的路上去。

"你知道，我现在已经发觉生理上起了变化。"她说。

"什么生理上起了变化？我不懂你的意思！"但张先生心里也有点着慌，莫非说，就仅仅那夜的接触，便惹了祸吗？……

"怎么你不懂，老实告诉你吧，我已经怀了孕。"

"哦！"张先生怔住了。

"现在我不能回到咖啡店去，我又没有地方住，你得给我想想法子。"她说。

张先生心里不禁怦怦的跳动，可怜，这又算什么事呢？从来就没想和这种女人发生关系，更谈不到和她结婚，就不论彼此的地位，我对她就没有爱，但竟因她的诱引，最后竟得替她负责！……

张先生低头沉思着，一句话也说不出。

"你怎么不响？……我预备明天就搬出咖啡店，你究竟怎么对付我？"

"你不必急，我们去找间房子吧！"

总算房子找到了,把她安置好,又从各处筹了一笔款给了她,张先生便起身到镇江去作事。

两个月以后她来信报告说已经生了一个女孩。

这使张先生有点觉得怪,怎么这么快?不到六个月便生了一个女孩……但究竟年轻,不懂得孩子到底可否六个月生出?因脸皮薄,又不好对旁人讲。

张先生从镇江回来时曾去看她,并且告诉她将要回到北方的家里去。

"你不能回去,要走也得给我一个保障!"那女子沉思后毅然决然的说。

"什么保障?"张先生慌忙的问。

"就是我们正式结了婚你再走!"那女子很强硬的要求。

"那无论如何办不到!我已经定过婚。"张先生说。

"定过婚也没有关系,现在的人就是娶两个妻子并不是奇事,而且我已经是这个光景,怎能另嫁别人?"

"无论你的话对不对,我也得回去求得家庭的许可才是!"

"好吧,我也不忍使你为难,不过至少你得写一张婚书给我,不然你是走不得的。"

张先生本已定第二天就走,船票已经买好,想不到竟发生这些纠葛。"好吧!"张先生说:"你一定要我写,我就写一张!"

于是他在一张粗糙的信笺上写了:

"为订婚事,张某与某女士感情尚称融洽,订为婚姻,俟张某在社会上有相当地位时,再正式结婚……"

这么一张不成格式的婚书总算救了张先生的急。

张先生回到北方去后,才晓得那个孩子并不是他的;过了两个月孩子因为生病死了,张先生的责任问题,很自然的解除了。从那时起张先生便和那女子断绝了关系,不知怎么今天她又找了张先生来。……

我同万先生和时先生正谈讲着,那位女客竟毫不客气的走了进来。

"张先生究竟什么时候回来?"

万先生道:"那说不定,这里是一个姓陈的军官的房子,我们都是客人。……"

"军官吗,军官我也不怕!"那女子神经过敏的愤怒起来。

"哦,我并没有说你怕军官,事实是如此,我只把事实告诉你……你不是找张先生吗？……但这里也不是张先生的房子，他也只是借住的客人！"万先生有些不高兴的说。

那女客没有办法又回到客厅里去，万先生和时先生也跟了进去。

"我从早晨六点钟从上海上车到此刻还没有吃东西，叫娘姨替我买碗面吃。"她说。

"她真越来越不客气，大有家主妇的神气。"万先生自心里想，但不好拒绝她，便喊娘姨来。可是娘姨的眼光是雪亮的，这种奇怪的女客没得主人的命令，她们是不轻易受支配的。

一个新来的湖南娘姨走了进来。

"万先生喊我什么事？"她说。

"你去给买一碗面来，这位女客要吃！"

"我是新来的，不晓得那里有面卖。而且我正哄着小妹妹呢，你叫别个去吧！"她说完头也不回的走了。万先生无故的碰了一个钉子，正在没办法的时候，门口响着马靴的声音，军官陈先生回来了。

这位陈军官是现代的军人，他虽穿着满身戎装，但人却很温文客气。

"好了，陈先生回来了，您有什么事尽可同陈先生说，他是这里的主人……"万先生对那个女子说。

"陈先生您同张先生是朋友吧！"她问。

"不错，我们是朋友。"陈先生说。

"那就好办了，唉，张先生太不漂亮了，为什么躲着不见我！"女子愤然的说。

"女子同张先生也是朋友吗？几时认识的？"陈先生问。

"我们呀也可以说是朋友，但实际上我们的关系要在朋友以上哩！"

"那么究竟是那种关系呢？……怎么我从来没听张先生说过。"

"这个你自己去问张先生，自然会明白的。"

"那且不管他，只是女士找张先生有什么事？……张先生也是初搬到这里暂住，有时他也许不回来……我看女士无论有什么事告诉我，我可以替你转达好吧！"

"不，我就在这里等他，今天不回来明天总要回来了！"女子悍然的说。

"但是女士在这里究竟不便当呵。"

"也没有什么不便当，我今夜就在这里坐一夜，再不然就在院子里站一夜也不要紧！"

"女士固然可以这么作，可是我不好这样答应，不但对不起女士，也对不起张先生的。我想女士还是把气放平些，先到旅馆里去，倘使张先生回来了，我叫他去看你，有什么问题你们尽可从长计议，这样不是两得其便吗？"陈先生委婉的说。

"但是我一个孤身女子住旅馆总不便当，而且我们上海也有许多亲戚朋友，说来不好听。"陈先生听见那女子推辞的话不禁冷笑了一声，正在这时候门外又走进两位女客，正是我们所期待的芝小姐与菡小姐了。她们走进来看了这位面生的女客，大家都怔住不响。

"我想女士还是先到旅馆去吧，一个女子住旅馆并不算稀奇的事，你看这两位小姐不也是住在旅馆里吗？"陈先生指着芝小姐和菡小姐说。

"不过她们是两个人呵！"她说。

"住旅馆有什么要紧，我在上海时还不是一个人住旅馆，像我们这种离家在外求学的人，不住旅馆又住在什么地方？没有关系的……"

"是呵，难道说她们两位住得，女士就住不得？……而且我这里还有熟识的旅馆可以送女士去。"

最后女子屈伏了:"好吧,我就到旅馆去。"她说,"不过倘张先生不到旅馆来见我,我明天还是要来的。"她说。

"我想张先生再不会不见你的,放心好了!"陈先生说。

陈先生同着这位女客走了,一阵暴风雨也就消散了。

"你们猜要发生什么结果?"菡小姐说。

"不过破费几个钱,把那张婚书拿回来就完,还有什么大不了的事?"万先生说。

"对了,我看她的目的也不过要敲一笔竹杠而已。"

——这小庭园里一切都恢复了原状,正如暴风雨过后的晴天一样恬适清爽。

(五)她

这几天我正在期待着一个朋友的来临,果然在一天的黄昏时她来了。

——我们不是初见,但她今夜的风度更使我心醉。一个脸色润泽而体态温柔的少妇,牵着一只西洋种的雄狗,款步走进来时,使我沉入美丽的梦幻里。如钩的新月,推开鱼鳞般的云,下窥人寰,在竹林的罅隙间透出一股清光,竹叶的碎影筛在白色的窗幔上,这一切正是大自然所渲染出最优美的色与光。

我站在回廊的石阶旁边迎接她,我们很亲切的行过握手礼。她说:"我早就想来看你,但这几天我有些伤风,所以没有来。"

那只披着深黄色厚裘的聪明的小狗,这时正跟在它主人的身旁,不住的嗅着。

Coming这是小狗的名字,当它陡然抛开女主人跑向园角的草丛时,女主人便这样的叫唤它。真灵,它果然应声跳着窜着来了。我们就在廊下的藤椅上坐下。

成群的萤火虫,从竹林子里飞出来,像是万点星光,闪过蔚蓝色的太空,青蛙开始在池旁歌唱了。"这里景致真好!"她赞美着。

"以后你来玩,好不?"我说。

"当然很好,只是我不久便打算到北平去!"

"作什么去?……游历吗?"

"也可以算作游历……许多人都夸说北平有一种静穆的美,而且又是中国文化的中心地点,所以我很想到北平去看看,同时我也想在那边读点书。"

"打算进什么学校?"

"我想到艺术学院学漫画。"

"漫画是二十世纪的时髦东西咧!"我说。

"不,我并不是为了时髦才学漫画,我只为了方便经济……你知道像我这样无产阶级的人,学油画无论如何是学不起,……其实我也很爱音乐,但是这些都要有些资本……所以我到如今颇后悔当初走错了路,我不应当学贵族们用来消遣的艺术。"

"你天生是一个爱好艺术,富于艺术趣味的人,为什么不当学艺术?"

"但是一切的艺术都是专为富人的,所以你不能忘记经济的势力。"

"的确这是个很重要的前提。"

我们谈话陡然停顿了,她望着那一片碧森森的翠竹沉思,我的思想也走入了另一个区域。——

真的,我对她有一种莫明其妙的同情与好感,也许是因为把她介绍给我的那一位朋友,给我的印象太好。——那时我还在北平,有一天忽然接到一封挂号信,信的字迹和署名对我都似乎是太陌生,我费很久的思索,才记起来，——是一年前所结识一位姓黎名伯谦的朋友——一个富有艺术趣味的青年，真想不到他此时会给我写信，我在下课的十分钟休息时间中，忙忙把信看了。里面有这样的一段：

"我替你介绍一个同志的好朋友，她对于艺术有十分的修养，并且其人风度潇洒，为近今女界中不多见的人材，倘使你们会了面一定要相见恨晚了，她很景慕北平的文风之盛，也许不久会到北平去。……"

我平生就喜欢风度潇洒的人，怎么能立刻见到她才好，在那时我脑子里便自行构造了一种模型。但是我等了好久，她到底不曾到北平来，暑假时我也离开北平了。

去年冬天，我从日本回来时，住在东亚旅馆里，在一天夜里，有三位朋友来看我——一个男的两个女的，其中就有一个是我久已渴慕着要见的她。

——一个年轻而风度飘逸的少女，坐在我对面的沙发上，身上穿了一件淡咖啡色西式的大衣，衣领敞开的地方，露出玫瑰红的绸衫，左边的衣襟上，斜插着一朵白玫瑰。在这些色彩调和的衣饰中，衬托着一张微圆的润泽的面孔，一双明亮的眼瞳温和的看着我……这是怎样使人不易消灭的印象呵，但是我们不曾谈过什么深切的话，不久他们就告辞走了。

春天，我搬到西湖来，在一个温暖的黄昏里，我同建在湖滨散着步，见对面走来一对年轻的男女——细认之后原来正是她同她的爱人。我们匆匆招呼着，已被来来往往的人影把我们隔断了。

从此我们又彼此不通消息，直到一个月以前，她同爱人由南方度过蜜月再回杭州来，我们才第二次正式的会面。他们打算在杭州常住，因此我们便得到时常会面的机会。

"你预备几时到北平去呢？"在我们彼此沉默很久之后我又这样问她。

"大约在一个星期之后吧。"

"时间不多了，此次分别后又不知什么时候再能聚会……"

"希望你在离开杭州以前再到我这里来一次吧！"

"好，我一定来的，你下半年仍住在杭州吗？这里真是一个好地方，不过太住久了也没有什么意思，到底嫌太平静单调，你觉得怎样？"

"不错，我也就这样的感觉着了，所以我下半年大约要到上海去，同时也是解决我的经济问题！"

"唉，经济问题——这是个太可怕的问题呢，我总算尝够了它的残酷，受够了它的虐待……你大约不明白我过去的生活吧！"

"怎么？你过去的生活……当然我没有听你讲过，但是最近我却听到一些关于你的消息！"

"什么消息？"

"但是我总有些怀疑那情形是真的，……他们说你在和你的爱人结婚以前，曾经和人订过婚！"

"唉，我知道你所听见不仅仅是这一点，其实说这些话的人恐怕也不见得十分明白我的过去，老实说吧，我不但订过婚而且还结过婚呢！"

她坦白的回答，使我有些吃惊，同时还觉得有点对她抱愧，我何尝不是听说她已结过婚，但我竟拿普通女子的心理来揣度她，其实一个女子结了婚，因对方的不满意离了婚再结婚难道说不是正义吗？为什么要避讳——平日自己觉得思想颇彻底，到头来还是这样掩掩遮遮的，多可羞，我不禁红着脸，不敢对她瞧了。

"这些事情，我早想对你讲，——你知道这个世界上，有同情心的人不多呢，尤其像你这样了解我的更少；所以我含辛茹苦的生活只有向你倾吐了。"

实在的,她的态度非常诚恳,但为了我自己的内疚,听了她的话,我更觉忸怩不安起来。我只握紧她的手,含着一包不知什么情绪的眼泪看着她。——这时冷月的清辉正射着她幽静的面容,她把目光注视在一丛纯白的玉簪花上,叹了一口气说:

"在我还是童年的时代,我已经是只有一个弱小的妹子的孤儿了。这时候我同妹妹都寄养在叔父的家里,当我在初小毕业的那一年,我弱小的妹妹,也因为孤苦的哀伤而死于肺病。从此我更是天地间第一个孤零的生命了。但是叔父待我很亲切,使我能继续在高小及中学求学,直到我升入中学三年级的那一年,叔父为了一位父执的介绍将我许婚给一个大学生,——他年轻老实,家里也还有几个钱,这在叔父和堂兄们的眼里当然是一段美满的姻缘。结婚时我仅仅十七岁。但是不幸,我生就是个性顽强的孩子,嫁了这样一个人人说好的夫婿,而偏感到刻骨的苦痛。婚后十几天,我已决心要同他离异,可是说良心话,他待我真好,爱惜我像一只驯柔的小鸟,因此他忽视了我独立的人格。我穿一件衣服,甚至走一步路都要受他的干涉和保护,——确然只是出于爱的一念,这也许是很多女人所愿意的,可是我就深憾碰到了这样一位丈夫。他给了我很大的苦头吃，所以我们蜜月时期还没有完，便实行分居了。分居以后我的叔父和堂兄们曾毫不同情的诘责我；但是那又有什么效果？最后我毅然提出离婚的要求，经过了很久的麻烦，离婚到底成了事实。叔父和堂兄宣告和我脱离关系。唉，这是多么严重的局面！不过'个性'的威权，助我得了最后的胜利，我甘心开始过无告，但是独立的生活。

"我自幼喜欢艺术，那时更想把全生命寄托在艺术上。于是我便提着简单的行装来到杭州艺术大学读书，在这一段艰辛的生活里，我可算是饱受到经济的压迫。我曾经两天不吃饭，有时弄到几个钱也只买一些番薯充充饥。这种不容易挣扎的岁月，我足足挨了两个多月。后来幸喜遇见了那位好心的女教授，她含泪安慰我，并且允许每月津贴我十块钱的生活费，嘱我努力艺术……这总算有了活路。

"那时候我天天作日记，我写我艰辛的生活，写我伤惨的怀抱，直到我和某君结婚后才不写了。前几天我收拾书箱把那日记翻来看了两页，我还禁不住要落泪，只恨我的文字不好，不能拿给世上同病的人看。……"

"不过真的艺术品是用不着人工雕饰的，我想你还是把它发表了吧!"

"不,暂且我不想发表它,因为自始至终都是些悲苦的哀调,那些爱热闹的人们不免要讥责我呢!"

"当然各人的口味不同,一种作品出版后很难博得人人的欢心。不过我以为在这个世界上究竟是欢乐的事情太少,那一个人的生命史上没有几页暗淡的呢?……将来我希望你能给我看看!"

她没有许可,也不曾拒绝,只是无言的叹了一口气。

那只小狗从老远的草堆中蹿了出来,嗅着它主人的手似乎在安慰她。

"我真欢喜这只狗!"她说。

"是的,有的狗很灵……"

"这只狗就像一个聪明的小孩般的惹人爱,它懂得清洁,从来不在房里遗屎撒尿,适才你不是看见它跑到草堆里去吗?那就是去撒尿。……"

"原来这样乖!"

她不住用手抚摸小狗的背。我从来对于这些小生物不生好感,并且我最厌恶狗,每逢看见外国女人抱着一只大狼狗坐在汽车上我便有些讨厌。但今天为了她,我竟改了平日对狗的态度,好意的摸了它的头部,它真也知趣,两眼雪亮的望着我摆尾。

这时月光已移到院子正中来,时间已经不早了,几只青蛙在墙阴跳踉。她站起身整了整衣服道:

"我回去了,一两天再会吧!"

她的车子还等在门口,我送她上了车便折回来,走到院子里见了那如水的月光、散淡的花影恍若梦境。

(六)一个沉默的人

我们正预备搬家——可是为了那新房子太大我有些胆小,正在踌躇难决的时候,忽听见扶梯旁马靴声橐橐,走上来一位年轻的武装同志。

"从营里来吗?近来忙些什么?"我问。

"也没有什么大不了的事,不过这两天特别糟,到处去找房子,都找不着!"

"找房子作什么?"

"昨天接到我太太的快信,就是这几天以内要到杭州来。"

"那好极了,省得你常常闹寂寞呵!"

"好是好,但嫌太忙了些,一时那里去找个相当的房子?"

"就是你太太一个人来吗?"

"是的,就是她一个人。"

"那么我们请她住到我们新房子里去好不好?"我问建说。

"也好。"建在思索后说,"不过不知道陈先生赞成不?"

"怎么,你们也要搬家吗?"

"对了,我们打算搬家,因为这地方太闹,简直不能写东西,并且天气热……"

"那么你们房子找到了没有呢?"

"找是找好了,只是房子太多,院子太大,我们单独住,我有些怕,倘使你来那就好了……并且可以借重你的武器壮壮胆!"

陈先生听了我这话,连忙笑道:"只要你们不嫌弃的话,我们就来同住吧!……"

建和我应道:"好,你们就来吧!"

陈先生虽然很年轻,但世故很深,他看见建有些踌躇的情形,他便自动的先把他太太的为人介绍我们。他说:

"我的太太是个中学生,年纪很轻,她顶不喜欢说话,人倒是极老实的。"

"那么是沉默一流的人了,我最喜欢沉默的人,我觉得一个人能够沉默,多少都有些伟大不可及的地方。"

"你太过奖了!她只是不懂得什么的一个小孩子,那里说得到伟大。"

"呃,呃,你也不必过谦吧!……我们还是谈谈房子的问题……"建插言说。

"你们打算几时搬?"

"倘使我们商议妥当了,明后天就可以搬。"

"那么你们就规定后天搬,我的太太明天下午就可以到杭州,我想先住一夜旅馆,后天就到新房子去。"

"何必住旅馆,就一直到这里来,将就住一夜,后天就可以一同搬过去了。"

"那也好,只是又麻烦你们。"

"自家人何必那么客气?"

"好吧,我们就决定这么办吧,现在我还要回到营里去料理些事情,今天晚车到上海去接她……再会吧!"

"好,再会!明天到了就来吧。"

陈先生匆匆的走了,建忙着整理他自己的书籍,我只怔怔的坐在沙发上，揣想那一位不爱说话的陈太太。

——一个中学生，年纪很轻，并且不爱说话，一定是一个深沉而温柔的人儿。这是多么可爱，以后搬到那幽雅的新房子里一定有许多值得人留恋的生活呢！……我这样想着日色渐渐下沉了，夜里躺在凉榻上时，心里还急切的盼望陈太太的来临。

第二天我一面整理衣服箱子，一面看手上的表已经下午五点钟了，我的心更加慌了，"怎么他们还不来？"我对建说。

"总会来的，你着什么急！"

"不是，我想看看那位陈太太。"

"真奇怪，你为什么那样喜欢看她！"

"没有什么理由，我只喜欢沉默的人。"

"沉默比一切都伟大——这是你的哲学是不是？"建有些和我开玩笑。

"真讨厌，什么哲学不哲学，你专门会讥讽人！"

建同我都不禁笑了。

"砰砰砰砰。"后门打得山响。

"喂，来了，叶妈，叶妈快下去开门！"叶妈被我催得发了昏，把茶杯放在床上就忙忙跑下去开门。果然是他们来了,橐橐的马靴声和细碎的高跟皮鞋声间杂着直响到楼梯上,我放下手里的衣服迎到楼门口。陈先生笑嘻嘻的领着他的太太站在我的面前。他对他的太太说这位是"黄先生"!我对面的那位太太一声不响的向我鞠躬。我连忙还礼,请他们里面坐。陈先生在这样的炎热天气里还穿着老布的军装,背上被汗水打湿了一片,他便连忙脱衣服到浴室去洗脸了。陈太太真沉默,她静静的坐在一张藤椅上。

"陈太太才从火车上下来吧?"

"是!"她又不说话了。

"天气很热呢!"

"是!"

我刺刺不休的问东问西,她只应道"是",别的话再不多说一句,建向我看着笑,我装作看不见,侧转头去,也开始学沉默。不久陈先生从浴室回来了,建便和他计划明天搬家的事情。

吃晚饭了,我请陈太太到下面去,她也只应了一声"哦"!这一来把欢喜说话的我,也变成哑子了。晚饭后天气还是非常热,我请陈太太出去湖滨走走,陈太太依然是沉默的,我们绕着微有波皱的湖水走了大半个圈子。建和陈先生并肩的谈笑着。我同沉默的陈太太跟在后面,还只是沉默着。

晚上的西湖,被浓雾盖住了青山,只见一片黝黑,一片苍茫,在这时候沉默似乎更有意义;我不住揣想沉默的陈太太这时脑子里织些什么剧景,也许她在听大自然的低语,或在看天末的神影……"到底沉默是伟大的!"我最后自己向自己下了这么个断语。

由湖滨回来时,我对陈太太说:"今天你们很累了,早些休息吧!"

"是!"她还只是一个"是"字回答我。当我们回到房里时,我不禁对建赞叹道:"陈太太真沉默。"建没有说什么,只是淡然一笑,我猜不透他的心事,大概又在笑我犯神经病吧!

第二天我绝早就起来了。八点钟,搬运汽车已经开到,我们忙着搬东西。陈太太站在院子里,依然沉默着,在一切喧嚣杂乱的空气中,我似乎更体会到沉默的意义,也更看重沉默的不平凡。搬到新房子的时候,已经十点多钟了,太阳的凶焰,逼得我头疼周身发软,这时候我真懒得开口,只怔怔的靠在还没有安置好的沙发上。建还没有来,他在料理交代房屋的事情。陈先生营里有公事不能久耽搁,他走后,偌大一所房子只有沉默的陈太太和我留在那里,叶妈还没有来,四境真是同死般的寂静。只有夏蝉拖着喑哑的鸣声穿过竹林,和小麻雀在葡萄架下面吱吱的叫。

中午时,建回来了,他为那些琐碎的事情麻烦得动了肝火,不住的向我唠叨。夏天人们的气氛都不大好,我为了他的唠叨也就发起牢骚来。我们高声的谈讲着,而陈太太却默默无言的在收拾她自己的房屋。

搬了新家,有许多朋友不断的来看我们。所以客厅里差不多是每天都坐着客人,大家谈东说西,热闹非常。而陈太太总是默默的坐在沙发上,听那些客人们发狂论。她不答言,也并不露着厌烦,只是沉默的微笑。有时像是在沉思。有时客人来了,她便独自躲到院子里,坐在回廊的犄角上,无言的挥动着芭蕉扇。每天黄昏时,陈先生由营里办公回来,陈太太也只默默的随着陈先生回到房里。有时偶然也听见他俩低声的谈话,但是还是陈先生不断的说,而她只简单的回答。

"这真是一个怪人,我是头一次看到!"建对我说。

"对了,我也觉得她不平常,不过我不知道她的沉默是不是有意义的?"

"你也太神经过敏,世界上那里有几个伟大的沉默,我看她只是麻木罢了!"

"真是的,你怎么总是这样看不起人?"

"什么看不起人,你只要仔细的观察就明白了!"

"什么!你难道已观察到什么了吗?"

"你看昨天我们都在忙着别的事情,门铃那样响,她站在院子里,动都不动,这不是麻木吗?"建的话果然提醒了我,她的动作有时真像是麻木的。

"不管她,总而言之她是一个沉默的人罢了,至于沉默得是否有意义,那又是另一件事。"

"无意义的沉默就是麻木。"建还是不肯让步。

"算了,我不同你多辩。"

"本来用不着辩。"

我们的话有些不投机,最后我也只有沉默了!……

(七)时先生的帽子

我们的客厅,有时很像法国的"沙龙"。常来拜访的客人有著作家,诗人,也有雄辩家,每天三四点钟的时候，总可以听见门上的电铃断续的响着。在这样的响声中，走进各式各类的客人，带着各式各类的情感同消息。——炎夏不宜于工作，有了这些破除沉闷空气的来宾总算不坏。

这一天恰巧是星期日，那么来的人就更多了。因为陈先生的缘故，也很有几个雄赳赳的武装同志光临。他们虽不谈文艺，但很有几个现代的军人，颇能欣赏文艺；这一来，谈话的趣味更浓厚了。

"我很想写一篇军人的生活。"我说。

"嗄，说到军人的生活，真是又紧张又丰富的。我也觉得很有写的价值，只可惜我们没有艺术的训练！"一位高身材的上校说。

"喂，你们军队里收不收女兵？"我问。

"怎么？你想从军吗？不过你的体格不够……前些日子有一位女同志曾再三要求到军队里来，最初当然不能通过；后来经过多方面的商榷，才允许让她来检查体格，但结果是失败了。而且她的身体真不坏，个子比你高得多呢！可是和男子比起来还是不行！"另一位脸上微有痘瘢的中尉说。

"这样看来，我是没有希望写军队生活一类的小说了。"我很扫兴的说。

"我看也不尽然,当兵你固然没有希望,但作看护妇是可以的。"陈先生说。

"好,将来你去打仗的时候,就收我作看护队队员吧!"

"你何必一定要写军队生活……我看你就替我的帽子作一篇小传吧!"时先生忽然举起他的陈旧的草帽向我笑着说。

"怎么,你的帽子有什么样历史吗?"

"唉,你们作文学的人,难道还观察不出我这帽子有点特别吗?"我听了这话,不禁把时先生的帽子拿来仔细的看了又看——帽子是细草编就的,花纹是四棱形,没有什么出奇处,但是颜色有些近于古铜,很明显的告诉我,这帽子所经过风吹日晒的日子至少在五年以上,再翻过帽子里来看,那就更不得了,黝黑的垢腻,把白色的布质完全掩盖住。

"呵,你从那个古物陈列所里买得这顶帽子?"我说。

"哈,哈,哈,哈。"时先生大笑道,"那也不至于就成了古物吧?你们文学家真会虚张声势;老实说吧,这帽子在我头上盘旋的时候,不多不少,整整六个年头。"

"你真太经济,一顶草帽竟戴上六个年头!"建说。

"不，我并不是经济，只是这顶帽子曾经伴着我，经过最甜和最苦的日子，所以我不忍弃了它。"

"哦，原来如此，那么请你的帽子说说它的汗马功劳吧！"我说。

"好吧，我来替它说，可是有一个条件：我说完你一定要替我写一写。"

"那也要看值不值写！"

"密司黄你就答应他，我晓得那里面一定有一段有趣的浪漫史……"陈先生含笑说。

"既然如此我就答应你。……请你开始述说吧！"

那几位武装同志，都挺直着身子坐在旁边笑眯眯的等待时先生的陈述：

"自从我被命定成了一顶帽子，我就被陈列在上海大马路的一家铺子的玻璃橱里。在我的四周有很多的同伴，它们个个都争奇斗艳的在引诱过往的游人，果然有西装少年，长衫阔少，都停住脚，有的对它们看一看，便走开了。有的摸一摸也就放下了，有的像是对它们亲切些，把它们拿下来摸着看着最后放在头上试了试，但很少能终得人们的欢心，最后依然把它们放在橱里，毫不留恋的去了。我看了这个情形心里很悲哀，不知那一天才有好土顾呢？正在这时候，只见从外面走进一个身穿夏布大褂的青年来，他站在橱旁把所有的同伴看了又看，试了又试，最后他竟看上了我。他欣然的把我戴在头上，从此我便跟着这位青年去了。

"第一次他把我带到他的家里，放在他的书桌上，他拿起一根香烟，燃了自来火吸着。他像是在沉思什么，不久他便拿出一张美丽的绿色信笺写了一封信给他的女友琼。他约她今晚在夏令配克看电影。我晓得今天晚上该我出风头了，我不禁喜欢的跳了起来，不小心几乎掉在地上，幸喜我的主人把我挡住，我才得安然无恙的伏在桌上。

"晚饭后我的主人一切都料理停当——皮鞋擦得雪亮，衣服穿得整整齐齐，又对着镜把头发梳了又梳，然后把我戴在头上，意气扬扬的出门去了。

"到电影场时他买了两张头等的入场券，看看时间还早，他便不忙到里面去，只在门口徘徊着。九点钟到了，来看电影的人接连不断往里走，但还没有看见那位琼女士的仙踪。眼看场里的电灯全熄了，那位琼女士才姗姗的来了。他们在电影场虽然没有谈说什么，可是我也知道主人很爱这位琼女士，因为主人常常侧转头向琼女士好意的注视着。从这一次后，我常常同着主人会琼女士在公园里、电影场，有时也在大菜间里。

"不久秋天到了，一阵阵的凉风吹着，主人便对我起了憎嫌，暂且把我放在帽盒里。在我们分别的一段时间中，我不能知道主人又经过些什么变化。

"第二年的夏天来时，我又恢复了和主人的亲切关系，但是主人那时候似乎遇见了什么不幸的事，他总不大出门，只在书房里呆坐着，有时还听见他低声的叹息。唉！究竟为了什么呢？我真怀疑，便镇天守着他，打算探出他的秘密。有一天夜里，全家的人都睡了，只有主人对着窗外的月儿出神。后来他从屉子里拿出一张红色的片子来。……

某月某日某君和琼女士结婚。

"'呵，这就是了！'我不禁独自低语着，'怪不得主人那样不高兴呢，原来那位美丽的琼女士竟被别人占有了。'这时主人看着片子，竟至滴下泪来。多可怜那失恋的人儿。

"过了几天我看见主人收拾了书籍衣物，像是要长行的神气。'到那里去呢？'我怀疑着，'为什么要离开自己的家乡呢？'可怜的主人近来更忧郁更憔悴了。

"在一天东方才有些发亮的时候，主人就起来，坐在什物杂乱的书案旁，在一张白色的信笺上写道：

'唉！我走了，走到天之涯地之角去，琼既然是不能给我幸福，我在这里只增加苦恼，反不如远去的好。幸福往往只给走运的人，我呢！正是爱情上失败的俘虏。……'

"主人写了这张不知给什么人的信，他将信压在砚石下就匆匆拿着简单的行李走了。从此我同着主人过漂流的生活，在南洋的小岛上整整住了三年，主人似乎把从前的伤心事渐渐淡忘了，今年便又回到这里……"

时先生陈述到这里便停住了，所有在座的人们不禁望望时先生憔悴的面靥，同时也看看那顶值得留存的帽子，大家的心灵上，都微微觉得曾闪过一道黯淡的火花。

夜深了，这时来宾全兴尽告辞，时先生也怅然的拿着他的帽子，穿过那条长甬道去了。……

（原载于1933年中华书局出版的《玫瑰的刺》中）

给我的小鸟儿们

一

整整两年了,我不看见你们。

世路太崎岖,然而我相信你们仍是飞翔空中的自由鸟。在我感到生活过分的严重时,我就想躲在你们美丽的羽翼下,求些许时的安息。

唉!亲爱的小鸟儿们——你们最欢喜我这样的称呼,不是吗?当我将要离开你们时,我曾经过虑地猜疑你们,我说:"孩子们,我要多看你们几次,使我的脑膜上深印着你们纯洁的印象,一直到我没有知觉的那一天,……"

"先生!你不是说两年后就回来吗?"阿堃诚挚的望着我的脸说。

"不错,我是这样计划着,不过我怕两年后你们已不像现在的对我热烈了。我怕失掉这人间的至宝,所以现在我要深深的藏起来。"

"哦!不会的,先生!我们永远是一只柔驯的小鸟儿,时常围绕着您!"

多可爱,你们那清脆的声音,无邪的眼睛,现在虽然离开了你们整两年,为了特别的原因,我不能回到你们那里,而关于你们的一切,我不时都能想起。

每逢在下课后,你们牵成一个大圈子,把我围在坎心,你们跳舞、唱歌,有时我急着要走,你们便抢掉我手里的书包,夺走我披着的大衣。阿堃最顽皮,跑出圈子,悄悄走到整容镜前,穿上我的大衣,拿着书包,学着我走路的姿势,一本正经的走过同学们面前,以致惹得他们大笑,而阿堃的脸上却绷得没有一丝笑纹,这时你们有的笑得俯下身体的叫肚子疼,我却高声的喊:"小鸟儿们不要吵!"

"是的,大姐姐,我们不再吵了,可是大姐姐得告诉我们《夜莺诗人》的故事!"阿堃娇憨的央求着。而你们也附和着大姐姐讲,大姐姐讲,乱哄的嚷成一片。呵!多可爱的小鸟儿们呀!两年来我不曾听见你们清脆的歌声了,在江南我虽也教着那一群天真的女孩,但是她们太娇婉，太懂世故，使我不能从她们的身上，找出你们的坦白、直爽、无愁无虑，因此我时常热切的怀念你们。

你们所刻在我心幕上的印象太深了，在丰润苹果般的脸上，不只充溢了坦白的顽皮，有时诚挚感动的光波，是盎然于你们的眼里。每当我不响的向你们每个可爱的面孔上看时，你们是那样乖，那样知趣的等待着，自然你们早已摸到我的脾气，每逢这种时候，我总有些严重的话，要敲进你们的心门。唉！亲爱的小鸟儿们，现在想来我真觉得罪过，我自己太脆弱易感，可是我有了什么忧愁和感慨，我不愿向那些老成持重的人们面前申诉，而我只喜欢把赤裸的心弦在你们面前弹。说起来我太自私，因为我把得定这凄音能激起你们深切的共鸣，而我忘记这是使你们受苦的。

那一天我给你们讲国语，正讲到一个《爱国童子》的故事，那时你们已经够兴奋了，而我还要更使你们兴奋到流泪，我把国内政治的黑暗，揭示给你们听；把险诈的人心在你们面前解剖；立刻我看见你们脸上的笑容淡了，舒展的眉峰慢慢攒聚起来了，你们在地板上擦鞋底的毛病，也陡然改了，课堂里那样静悄悄，我呢，庄严的坐在讲坛上，残忍的把你们的灵魂宰割，好像一个屠夫宰割一群小羊般。因此每次在我把你们搅扰后，我不知不觉要红脸，要咽泪。唉！亲爱的孩子们，我虽然对你们如是的不仁，而你们还是那样热烈的信任我，爱戴我；有时候你们遇到困难的问题，不去告诉你们亲切的父母，而反来和我商量，当这种时候，竟使我又欢喜又惭愧。在这个到处弥漫了欺诈的世界上，而你们偏是这样天真，无邪，这怎能叫我不欢喜呢？但是自己仔细一想，像我这样寒碜的灵魂，又有什么修养，究能帮助你们多少？恐怕要辜负了你们的热望，这种罪恶，比我在一切人群中，所犯的任何罪恶都来得不容轻赦。唉！亲爱的小鸟儿们呀！你们诚意的想从人间学到一切，而你们实是这世界上最高明的先生。你们有世人久已遗失的灵魂，你们有世人所绝无的纯真。你们的器量胸襟，是与万物神灵相融合的。一个乞丐，被人人所鄙视，而你们看他与天上的神祇没有分别，便是一只麻雀也能得你们热烈友情的爱护。你们是伟大的，我一生不崇拜英雄，我只崇拜你们。

　　但是残忍的时光，转变的流年，他们无时无刻不在剥蚀你们，层出不穷的人事，将如毒蛇般毁灭你们的灵魂。在你们含着甜净的美靥上，刻了轻微的愁苦之纹，渐渐的你们便失去了纯真，被快乐的神祇所摒弃。唉！亲爱的小鸟儿们！你们应当怎样抓住你们的青春！你们不愿意永远保持孩子的心吗？但是你们无法禁止太阳的轮子，继续不断的转，也不能留住你们的青春！只有一件事是你们可以办得到的，你们永远不要作一件使良心痛苦的事，努力亲近大自然，选择你们的朋友，于春风带来的鸟声中，于秋雨洒遍的田野间。一切的小生物都比久经世故的人类聪明、纯洁。这样你们才能永远保持孩子纯真的心，永远作只自由翔空的鸟儿，并且可用你们大公无私的纯情来拯救沉沦的人类。

亲爱的小鸟儿们，愿秋风带来你们清醇的歌声，更盼雁阵从这里过时，给我留下些你们的消息。

我心弦的繁音，将慢慢的向你们弹；我将告诉你们在这分别的两年中，我所经历的一切。我更想把江南温柔女儿的心音，弹给你们听。

再谈了，我亲爱的小鸟儿们！愿今夜你们的美羽，飞入我的梦魂！

（原载于1932年10月1日《华年周刊》第1卷第25期）

二

黄昏时你们如一群小天使般飞到我家里。堃和璧每人手里捧着两束鲜花。花束上的凤尾草直拖到地上,堃个子太小,又怕踏了它,因此踮起脚来走着,璧先开口说:"大姐!这是我们送你的纪念品!"

"呵!多谢!我的小鸟儿们!"我说过这话。心里真有些酸楚,回头看你们时,也都眼泪汪汪的注视着我,天真的孩子们!我真有些不该,使你们嫩弱的心灵上,受到离别的创伤!我笑着拉你们到房里。把我预备好了的许多小画片分给你们,并且每人塞了一块糖在嘴里,你们终竟笑了,我才算放了心。

七点多钟,我们分坐三辆汽车,一同来到东车站,堃和璧还不曾忘记那两束花。可怜的小手臂,一定捧得发酸了吧!我叫你们把它们放在箱子上,你们只笑着摇头,直到我的车票买好,上了二等车,你们才恭恭敬敬的把那两束花放在我身旁的小桌上。这时来送行的朋友亲戚竟挤满了一屋子,你们真乖觉,连忙都退出来,只站在车窗前,两眼灼灼的望着我。这使我无心应酬那些亲戚朋友,丢下他们,跑下车来,果然不出所料,你们都团团把我围住,可是你们并没多话说。只在你们的神色上，把你们惜别的真情，都深印在我心上了。

不久开车的铃声响了。我和你们握过手，跳上车去，那车已渐渐的动起来了。

"给我们写信！"在人声喧闹中，我听见堃这样叫着，我点头，摇动手巾，而你们的影子远了。车子已出了城，我只向着那两束花出神，好像你们都躲在花心里，可是当我采下一朵半开的玫瑰细看时，我的幻想被惊破了。哦！我才知道从此我的眼前找不到你们，要找除非到我的心里去。

不知不觉，车子已到了丰台站。推开窗子，漫天涌着朵朵的乌云，那上弦的残月，偶尔从云隙里向外探头，照着荒漠的平原，显出一种死的寂静，我靠窗子看了半响，觉得秋夜的风十分锐利，吹得全身发颤，连忙关上玻璃窗，躲在长椅上休息，正在有些睡意的时候，忽听一阵细碎的声音，敲在窗上，抬起身子细看了，才知道已经下起雨来，这时车已到天津站了。雨越下越紧，水滴从窗子缝里淌了下来，车厢里满了积水，脚不敢伸下去，只好蜷伏着不动。

在听风听雨的心情中我竟沉沉睡去，天亮时我醒来，知道雨还不曾止,车窗外的天竟墨黑的向下沉,几乎立刻就要被活埋了。唉,亲爱的孩子们!这时我真想回去,同你们在一起唱歌捉迷藏呢!

正在我烦躁极了的时候,忽然车子又停住了。伸头向外看看正是连山车站,我便约了同行的朋友,到饭车去吃些东西,一顿饭吃完了,而车子还没有开走的消息,我们正在猜疑,忽又遇见一个朋友,从头等车那面走来,我们谈起,才知道前面女儿河的桥被大水冲坏了,车子开不过去,据他说也许隔几个钟头便可修好,因此我们只好闷坐着等,可恨雨仍不止,便连到站台上散散步也办不到,而且车厢里非常潮湿,一群群的苍蝇像造反般飞飞。同时厕所里一阵阵的臭味,熏得令人作呕,——而最可恼的是你们送我的那些鲜花,也都低垂了头,憔悴的望着我。

夜里八点了,仍然没有开车的消息,雨呢!一阵密一阵稀的下着,全车上的人,都无精打采的在打盹,忽然听见呜呜的汽笛声,跟着从东北开来一辆火车,到站停住,我们以为前面断桥已经修好,都不禁喜形于色,热望开车,那晓得这时忽跳上几个铁路的路警,和护车的兵士来,他们满身淋得水鸡似的,一个身材高高,年纪很轻的兵自言自语的道:"他妈的,差点没干了,好家伙,这群胡子，够玩的，要不仗了水深，他们早追上来了，吓乒乓开了几十枪！……"

"怎么，没有受伤吗？"一个胖子护车警察接着问。

"还好！没有受伤的，唉，他妈的，我们就没敢开枪，也顾不得要开车的牌子，拨转车头就跑回来了。"那高身材的兵说。

这个没头没脑的消息，多么使人可怕，全车的人，脸上都变了颜色，这二等车上有从北戴河上来的外国女人。她们听说胡子，不知是什么东西，也许她们是想到那戏台上所看见披红胡子的花脸子吗？于是一阵破竹般的笑声，打破了车厢里的沉闷空气。

后来经一个中国女医生，把这胡子的可怕告诉她们，立刻她们耸了一耸肩皱皱眉头，沉默了！

车上的客人们，全为了这件事，纷纷议论，才知道适才那辆车，是从山海关开来的，车上有几箱现款，被胡子探听到了，所以来抢车，那些胡子都在陈家屯高粱地里埋伏着。只是这时山水大涨，高粱地上水深三尺多，这些胡子都伏在水里，因此走得慢，不然把车子包围了，两下里就免不了要开火，那就要苦了车上的客人，所以只好掉头跑回来了。现在这辆车也停在连山站，就是退回去都休想了,因为上一刻绥中县也被大水冲了,因此只好都在连山过夜,连山是个小站,买东西极不方便,饭车上的饭也没有多少了,这些事情都不免使客人们着急。

夜里车上的电灯都熄了,所有的路警护车兵,都调到站外驻扎去了。满车乌黑,而且窗外狂风虎吼般的吹着,睡也不能入梦,不睡却苦无法消遣,真窘极了,好容易挨到村外的鸡唱五更,东方有些发白了,心才稍稍安定,——亲爱的小鸟儿们!我想你们看到这里也正为我担着心呢,不是吗?

我们车上,女客很少,除了几个外国女人外,还有两个年轻的姑娘,一个姓唐的,是比你们稍微大些,可是比你们像是懂事。她是一个温柔沉默的女孩,这次为了哥哥娶嫂嫂同父亲回奉天参加典礼的。另外的那一个姓李,她是女子大学的学生,这次回家看她的母亲,并且曾打电报给家里,派人来接,因此她最焦急,——怕她倚闾盼望的母亲担心,她一直愁容满面的呆坐着。亲爱的孩子们!我同那两个年轻的姑娘,在连山站的站台上,散着步时,我是深切的想到你们,假如在这苦闷的旅途里,有了你们的笑声歌声,我一定要快乐得多!而现在呢,我也是苦恼的皱着眉头。

中午到了，太阳偶尔从云缝里透出光来，我的朋友铁君他忽走来说道："恐怕这车一时开不成，吃饭睡觉都不方便。"约我们到离这里不远的高桥镇去，那里他有一个朋友，在师范学校作教务主任。真的这车上太闷人，所以我就决定去了。

到了高桥镇，小小的几间破烂瓦房，原来就是车站的办公室了。走过一条肮脏的小泥路，忽见面前河水涟漪；除变成有翅翼的小天使，是没法过去的。后来一个乡下人，赶着一辆骡车来了，骡车你们大约都没有看见过吧！用木头作成轿子形的一个车厢，下面装上两个轮子，用一头骡子拖着走，这种车子，是从前清朝的时候，王公大人常坐的。可是太不舒服了，不但脚伸不直，而且时时要挨暴栗，——因为车子四周围都是硬木头作成的，车轮也是木头的，走在那坑陷不平的道路上，一颠一簸的，使坐在车里的人，一不小心，头上就碰起几个疙瘩来。

那个赶车的乡下人对我们说："坐我的车子过去吧！"

"你拖我们到师范学校要多少钱？"我的朋友们问。

"一块半钱吧！"车夫说。

"怎么那么贵？"我们说。

"先生！你不知道这路多难走呢，这样吧，干脆你给一块钱好咧！"

"好，可是你要拖得稳！"

我们把东西先放到车上，然后我坐在车厢最里面，那两个朋友一个坐在外面，一个坐在右车沿上，赶车的坐在左车沿，他一声"于，得"，骡子开始前进了，走不到几步，那积水越发深了，骡子的四条腿都淹没在水里，车厢歪在一边，我的心吓得怦怦跳，如果稍稍再歪一些，那车厢一定要翻过来扣在水里，这是多么险呀！

这时候车夫用蛮劲的打那骡，打得那骡子左闪右避，脚踝上淌着鲜血，真叫我不忍心，连忙禁止车夫不许打，我们想了方法，先叫一个乡下人把两位朋友背过河去，然后再把东西拿出来，车子轻了，骡子才用劲一跳，离开了那陷坑，我才算脱了险。

下了车子，一脚就踏进黄泥漩里去，一双白皮鞋立刻染成淡黄色的了。而且水都渗进鞋里去，满脚都觉得湿漉漉的，非常不舒服，颠颠簸簸，最后走到了师范学校了，可是我真不好意思进去，一双水泥鞋若被人看见了，简直非红脸不可。亲爱的小鸟儿们！假使你们看见了我这副形像，我想你们一定要好笑，可是你们同时也一定替我找双干净的鞋袜换上。现在呢！我只有让它湿着。因为箱子没有拿来，也无处找干净鞋子，只把袜子换了，坐在椅子上等鞋干。

这个学校房屋破旧极了，而且又因连日的大雨，墙也新塌了几座，不过这里的王先生待我们很忠实，心里也就大满意了。我们分住在几间有雨漏的房子里，把东西放下后，王先生请我们到馆子里去吃饭，可是我们走到所谓的大街上，原来是一条长不到十丈，阔不满一丈的小土道，在道旁有一家饭馆，也就是这镇上惟一的大店了，我们坐下喝了一杯满是咸涩味儿的茶，点起菜来除了猪肉就是羊肉，我被这些肉装满了肚子，回来时竟胃疼起来了。

到了晚上，没有电灯，只好点起洋蜡头来，正想睡觉，忽听见远处哨子的响声，那令人丧胆的胡匪影子，又逼真的涌上我的心头，这一夜我半睁着眼挨到天亮。

一天一天像囚犯坐监般的过去，也竟挨过十天了。这时忽得到有车子开回北平的消息，虽然我们不愿意折回去，可是通辽宁的车正不知什么时候才能开。没有办法，只好预备先回天津，从天津再乘船到日本去吧！

夜半从梦里醒来，半天空正下着倾盆的大雨，第二天清晨看见院子里积了一二尺深的水，叫人到车站问今天几点钟有车，谁知那人回来说，轨道又被昨夜的大雨冲坏了。——我们只得把已经打好的行李再打开，苦闷的等，足足又等了三天才上了火车，一路走过营盘、绥中等处，轨道都只用沙石暂垫起来的，所以车子走得像一条受了伤的虫子一般慢。挨到山海关时，车子停下来时，前途又发生了风波，车站上人声乱哄哄，有的说这车不往南开了。问他为什么不开，他支支吾吾的更叫人疑心，我们也推测不出其中的奥妙。后来隐约听见有人在低声的说："关里兵变所以今夜这车不能开。"过了半点钟光景，我的朋友铁君又得了一个消息说："兵变的事，完全是谣言，车子立刻就开了！"

果然不久车子便动起来，第二天九点钟到了天津，在天津住了几天，又坐船到日本，……呵！亲爱的孩子们，你们再想不到我又回到天津了吧！按理我应当再到北平和你们玩玩，不过我竟因了许多困难不能如愿——而且直到今天我才得工夫，把这一段艰辛的旅途告诉你们，亲爱的小鸟儿们，我想在这两年中，你们一定都长高了，但我愿你们还保持着从前那种纯真的心！

（原载于1932年11月27日、12月11日《申江日报》副刊《海潮》）

辑二 | 我想游戏人间,
反被人间游戏了我

最后的命运①

突如其来得怅惘,不知何时潜踪,来到她的心房。她默默无言,她凄凄似悲,那时正是微雨晴后,斜阳正艳,葡萄叶上滚着圆珠,荼蘼花儿含着余泪,凉飙呜咽正苦,好似和她表深刻的同情!

碧草舒齐的铺着,松荫沉沉的覆着;她含羞凝眸,望着他低声说:"这就是最后的命运吗?"他看看她微笑道:"这命运不好吗?"她沉默不答。

松涛慷慨激烈的唱着,似祝她和他婚事的成功。

这深刻的印象,永远留在她和他的脑里,有时变成温柔的安琪儿,安慰她干燥的生命;有时变成忧闷的微菌,满布在她的血管里,使她怅惘!使她烦闷!

---

① 这是庐隐和郭梦良的定情篇。

她想:"人们驾着一叶扁舟,来到世上,东边漂泊,西边流荡,没有着落固然是苦,但有了结束,也何尝不感到平庸的无聊呢?"

爱情如幻灯,远望时光华灿烂,使人沉醉,使人迷恋。一旦着迹,便觉味同嚼蜡,但是她不解,当他求婚时,为什么不由得就答应了他呢?她深憾自己的情弱,易动!回想到独立苍冥的晨光里,东望滔滔江流,觉得此心赤裸裸毫无牵扯,呵!这是如何的壮美呵!

现在呢!柔韧的密网缠着,如饮醇醪,沉醉着,迷惘着!上帝呵!这便是人们最后的命运吗?

她凄楚着,沉思着,不觉得把雨后的美景轻轻放过,黄昏的灰色幕,罩住世界的万有,一切都销沉在寂寞里,她不久就被睡魔引入胜境了!

(原载于1923年6月1日《晨报副刊·文学旬刊》第1号)

雷峰塔下[①]
——寄到碧落

涵!记得吧!我们徘徊在雷峰塔下,地上芊芊碧草,间杂着几朵黄花,我们并肩坐在那软绵的草上。那时正是四月间的天气,我穿的一件浅紫麻沙的夹衣,你采了一朵黄花插在我的衣襟上,你仿佛怕我拒绝,你羞涩而微怯的望着我。那时我真不敢对你逼视,也许我的脸色变了,我只觉心脏急速的跳动,额际仿佛有些汗湿。

黄昏的落照,正射在塔尖,红霞漾射于湖心,轻舟兰桨,又有一双双情侣,在我们面前泛过。涵!你放大胆子,悄悄的握住我的手,——这是我们头一次的接触,可是我心里仿佛被利剑所穿,不知不觉落下泪来,你也似

---

① 这是庐隐为亡夫郭梦良病故三周年所作的悼文。

乎有些抖颤，涵！那时节我似乎已料到我们命运的多磨多难！

山脚上忽涌起一朵黑云，远远的送过雷声，——湖上的天气，晴雨最是无凭，但我们凄恋着，忘记风雨无情的吹淋，顷刻间豆子般大的雨点，淋到我们的头上身上，我们来时原带着伞，但是后来看见天色晴朗，就放在船上了。

雨点夹着风沙，一直吹淋。我们拼命的跑到船上，彼此的衣裳都湿透了，我顿感到冷意，伏作一堆，还不禁抖颤，你将那垫的毡子，替我盖上，又紧紧的靠着我，涵！那时你还不敢对我表示什么！

晚上依然是好天气，我们在湖边的椅子上坐着，看月。你悄悄对我说："雷峰塔下，是我们生命史上一个大痕迹！"我低头不能说什么，涵！真的！我永远觉得我们没有幸福的可能！

唉！涵！就在那夜，你对我表明白你的心曲，我本是怯弱的人，我虽然恐惧着可怕的命运，但我无力拒绝你的爱意！

从雷峰塔下归来，一直四年间，我们是度着悲惨的恋念的生活。四年后，我们胜利了！一切的障碍，都在我们手里粉碎了。我们又在四月间来到这里,而且我们还是住在那所旅馆,还是在黄昏的时候,到雷峰塔下,涵!我们那时毫无所拘束了。我们任情的拥抱,任意的握手,我们多么骄傲!……

但是涵!又过了一年,雷峰塔倒了,我们不是很凄然的惋惜吗?不过我绝不曾想到,就在这一年十月里你抛下一切走了,永远的走了!再不想回来了!呵!涵!我从前惋惜雷峰塔的倒塌,现在,呵!现在,我感谢雷峰塔的倒塌,因为它的倒塌,可以扑灭我们的残痕!

涵!今年十月就到了。你离开人间已经三年了!人间渐渐使你淡忘了吗?唉!父亲年纪老了!每次来信都提起你,你们到底是什么因果?而我和你确是前生的冤孽呢!

涵!去年你的二周年纪念时,我本想为你设祭,但是我住在学校里,什么都不完全,我记得我只作了一篇祭文,向空焚化了。你到底有灵感没有?我总痴望你,给我托一个清清楚楚的梦,但是那有?!

只有一次,我是梦见你来了,但是你为甚那么冷淡?果然是缘尽了吗?涵!你抛得下走了,大约也再不恋着什么!不过你总忘不了雷峰塔下的痕迹吧!

涵!人间是更悲惨了!你走后一切都变更了。家里呢：也是树倒猢狲散，父亲的生意失败了！两个兄弟都在外洋漂荡，家里只剩母亲和小弟弟，也都搬到乡下去住。父亲忍着伤悲，仍在洋口奔忙，筹还拖欠的债，涵！这都是你临死而不放心的事情，但是现在我都告诉了你，你也有点眷恋吗？

我……大约你是放心的，一直挣扎着呢，涵！雷峰塔已经倒塌了，我们的离合也都应验了。——今年是你死后的三周年——我就把这断藕的残丝，敬献你在天之灵吧！

（原载于1928年北平古城书社《曼丽》集初版本）

赠李唯建

心爱：

血与泪是我贡献给你的呵！唯建！你应看见我多伤的心上又加了一个症结！自然我也知道这不是你的错，你对我的真诚我不该再怀疑，然而呵，唯建，天给我的宿命是事事不如人，我不敢说我能得到意外的幸福，纵然这些幸福已由你亲手交给我过！唉，唯建！唯建！我是从断头台下脱逃的俘虏呵，你原谅我已经破裂的胆和心吧！我再不能受世上的风波，况且你的心是我生命的发源地，你要我忘了你，除非你毁掉我的生命。唉！唯建！你知道当我想像到将来有一天，我从你那里受了最后的裁判时，我不能再苟延一天在这个世界上，我只有丢下一切走，我不能用我的眼睛再看别人是在你温柔的目光里，我也不能听别人是在你甜美的声唤中！总之，我是爱你太深，我的生命可以失掉,而不能失掉你!我知道你现在是爱我的,并且你也预备永远爱我,然而我爱你太深,便疑你也深,有时在你觉得不经意的一件事,而放在我的身上便成了绝对紧张和压迫了。唯建,你明白的告诉我,我这样的痴情,真诚的心灵中还容不得你吗?人生在世上所最可珍贵的,不是绝对的得到一个人无私的忠挚的心吗?唉,唯建!我的心痛楚,我的热血沸腾,我的身体寒战,我的精神昏沉,我觉得我是从山巅上陨落的石块,将要粉碎了!粉碎了呵!唯建!你是爱护这块石头的,你忍心看它粉碎吗?并且是由你的掌握之下,使他粉碎的呵!唉!你!多情多感的唯建!我知你必定尽全力来救护我的,望你今后少给我点苦吃,你瞧我狼狈得还成样子吗!现在我的心紧绞如一把乱麻,我的泪流湿了衣襟,有时也滴在信笺上,亲爱的唯建呵!这样可怜的心要吐的哀音正不知多少,但是我的头疼眼花手酸喉哽,我只有放下笔倒在床上,流我未尽的泪吧。唉!唯建!你是绝顶的聪明人,你能知道我的心,纵使你沉默,你也是了然的!

    你可怜的庐隐书于柔肠百转中

(原载于1935年11月5日《时代画报》第8卷第10期)

寄天涯一孤鸿

亲爱的朋友,这是什么消息,正是你从云山叠翠的天末带来的!我绝不能顷刻忘记,也绝不能刹那不为此消息思维。我想到你所说的"从今后我真成了天涯一孤鸿了",这一句话日夜在我心魂中回旋荡漾。我不时的想,倘若一只孤鸿,停驻在天水交接的云中,四顾苍茫,无枝可栖,其凄凉当如何?你现在既是变成天涯一孤鸿,我怎堪为你虚拟其凄凉之境,我也不愿你真个是那样的冷漠凄凉。但你带来的一纸消息,又明明是:"……一切的世界都变了,我处身其中,正是活骸转动于冷酷的幽谷里,但是我总想着一年之中,你要听到我归真的信息……"唉,朋友!久已心灰意懒的海滨故人,不免为此而怦怦心动,正是积思成晦了。我昨夜因赴友人之召,回来已经十时后,我归途中穿过一带茂密的树林,从林隙中闪烁着淡而无力的上弦月，我不免又想起你了。回来后，我懒懒坐在灯光下，桌上放着一部《宋人词钞》，我随手翻了几页，本想于此中找些安慰，或能把想你的念头忘却；但是不幸，我一翻便翻出你给我的一封信来，我想搁起它，然而不能，我始终又从头把它读了。这信是你前一个月寄给我的，大约你已忘了这其中的话。我本不想重复提这些颓丧的话，以惹你的伤心，但是其中有一个使命，是你叫我为你作一篇记述的。原文是："……我友，汝尚念及可怜陷入此种心情的朋友吗？你有兴，我愿你用诚恳的笔墨为伤心人一吐积悃……"朋友！这个使命如何的重大？你所希望我的其实也是我所愿意作的。但是朋友，你将叫我怎样写法？唉！我终是踯躅，我曾三番五次，握管沉思，竟至镇日无语，而只字不曾落纸。我与你交虽莫逆，但是你的心究竟不是我的心，你的悲伤我虽然知道，但是我所知道的，我不敢臆断你伤感的程度，是否正和我所直觉到的一样。我每次作稿，描写某人的悲哀或烦恼，我只是欺人自欺，说某人怎样的痛哭，无论说得怎样像，但是被我描写的某人，是否和我所想像的伤心程度一样，谁又敢断定呢？然而那些人只是我借他们来为我象征之用，是否写得恰合其当，都无伤于事；而你是我最好的朋友，我对于你的嘱托，怎好不忠于其事？因此我再三踌躇，不能轻易落笔，便到如今我也不敢为你作述记。我只能把我所料想你的心情，和你平日的举动，使我直觉到你的特性，随便写些寄给你。你看了之后，你若因之而浮白称快，我的大功便成了五分。你若读了之后，竟为之流泪，而至于痛哭，我的大功便成了九分九。这种办法，谅你也必赞成？

我记得我认识你的时候，正是我将要离开学校的头一年春天。你与我同学虽不止一年，可是我对于新来的同学，本来多半只知其名，不识其面，有的识其面又不知其名，我对于你也是如此。我虽然知道新同学中有一个你，而我并不知道，我所看见很活泼的你，便是常在报纸上作缠绵悱恻的诗的你。直到那一年春天，我和同级的莹如在中央公园里，柏树荫下闲谈，恰巧你和你的朋友从荷池旁来，我们只以彼此面熟的缘故，点头招呼。我们也不曾留你坐下谈谈，你也不曾和我说什么，不过那时我觉得你很好，便想认识你，我便问莹如你叫什么名字。她告诉我之后，才狂喜的叫起来道："原来就是她呵，不像！不像！"莹如对于我无头无脑的话，很觉得诧异，她说："什么不像不像呵？"我被她一问，自己也不觉笑起来，我说："你不知道我的心里的想头，怪不得你不懂我的意思了。你常看见报上PM的诗吗?你就那个诗的本身研究,你应当觉到那诗的作者心情的沉郁了,但是对她的外表看起来,不是很活泼的吗?我所以说不像就是这个缘故了。"莹如听了我的解释,也禁不住点头道:"果然有点不像,我想她至少也是怪人了!"朋友!自从那日起,我算认识你了,并且心中常有你的影像,每当无事的时候,便想把你的人格分析分析,终以我们不同级,聚会的时间很少,隔靴搔痒式的分析,总觉无结果,我的心情也渐渐懒了。

过了二年,我在某中学教书。那中学是个男校,教职员全是男人。我第一天到学校里,觉得很不自然,坐在预备室里很觉得无聊,正在神思飞越的时候,忽听预备室的门呀的一响,我抬头一看,正是你拿着一把藕合色的绸伞进来了。我这时异常兴奋,连忙握着你的手道:"你也来了,好极!好极!你是不是担任女生的体操?"你也顾不得回答我的话,只管嘻嘻的笑——这情景谅你尚能仿佛?亲爱的朋友!我这时心里的欢乐,真是难以形容,不但此后有了合作的伴侣,免得孤孤单单一个人坐在女教员预备室里,而且与你朝夕相爱,得以分析你的特性,酬了我的心愿。

想你还记得那女教员预备室的样子，那屋子是正方形的，四壁新裱的白粉连纸，映着阳光，都十分明亮。不过屋里的陈设，异常的简陋，除了一张白木的桌子，和两三张白木椅子外，还有一个书架，以外便什么都没有了。当时我们看了这干燥的预备室，都感到一种怅惘情绪。过了几天，我们便替这个预备室起了一个名字，叫作白屋。每逢下课后，我们便在白屋里雄谈阔论起来。不过无论怎样，彼此总是常常感到苦闷，所以后来我们竟弄得默然无言。我喜欢诗词，你也爱读诗词，便每人各手一卷，在课后浏览以消此无谓的时间。我那时因为这预备室里很干燥，一下了课便想回到家里去，但是当我享到家庭融洽乐趣的时候，免不得想到栖身学校寄宿舍中，举目无与言笑的你，因决意去访你，看你如何消遣。我因雇车到了你所住的地方，只见两扇欲倒未倒的剥漆黑灰不分明的大柴门，墙头的瓦七零八落的垒着，门楼上满长着狗尾巴草，迎风摇摆，似乎代表主人招待我。下车后，我微用力将柴门推了一下，便呀的开了。一个老看门人恰巧从里面出来，我便问他你住的屋子，他说："这外头院全是男教员的住舍，往东去另有一小门，又是一个院子，便是女教员住的地方了。"我因按他话往东去，进了小门便看见一个院落，院之中间有一座破亭子，亭子的四围放着些破木头的假枪戟，上头还有红色的穗子。过了破亭有一株合抱的大槐树，在枝叶交覆的阴影下，有三间小小的瓦房，靠左边一间，窗上挂着淡绿色的纱幔，益衬得四境沉寂。我走到窗下，低声叫你时，心潮突起，我想着这种冷静的所在，何异校中白屋。以你青年活泼的少女，镇日住在这种的环境里，何异老僧踞石崖而参禅，长此以往，宁不销铄了生趣。我一走进屋子里，看见你突然问道："你原来住在破庙里！"你微笑着答道："不错！我是住在破庙里，你觉得怎样？"我被你这一问，竟不知所答，只是怔怔的四面观望。只见在小小的门斗上有一张绯红色纸，写着"梅窟"两字。这时候我仿佛有所发现，我知道素日对你所想像的，至少错了一半，从此我对你的性格分析，更觉兴味浓厚了。

光阴过得很快，不觉开学两个多月了，天气已经秋凉。在那晓露未干的公园草地上，我们静静的睡着。你对我说："我愿就这样过一世，我的灵魂便可常常与浩然之气，结伴遨游。"我听了你的话，勾起我好作玄思的心，便觉得身飘飘凌云而直上，顷刻间来到四无人迹的仙岛里，枕藉芳草以为茵褥，餐美果，饮花露，绝不染丝毫烟火气。那时你心里所想的什么,我虽无从知道,但看你那优然游然的样子,我感到你已神游天阊了。

我和你相处将及一年,几次同游,几次深谈,我总相信你是超然物外的人。我记得冬天里我们彼此坐在白屋里向火的时候,你曾对我说,你总觉得我是个怪人,你说:"我不曾和你同事的时候,我常常对婉如说,你是放荡不羁的天马。但是现在我觉得你志趣消沉束缚维深……"我当时听了你的话,我曾感到刺心的酸楚,因为我那时正困顿情海里拔脱不能的时候,听你说起我从前悲歌慷慨的心情,现在何以如此萎靡呢?

但是,朋友!你所怀疑于我的,也正是我所怀疑于你;不过我觉得你只是被矛盾的心理争战而烦闷,我却不曾疑心你有什么更深的苦楚。直到我将要离开北京的那一天,你曾到车站送我,你对我说:"朋友!从此好好的游戏人间吧!"我知道你又在打趣我,我因对你说:"一样的,大家都是游戏人间,你何必特别嘱咐我呢!"你听了我这话,脸色忽然惨淡起来。哽咽着道:"只怕要应了你在《或人的悲哀》里的一句话:'我想游戏人间,反被人间游戏了我!'"当时我见你这种情形,我才知道我从前的推想又错了。后来我到上海，你写信给我，常常露着悲苦的调子，但我还不能知道你悲苦到什么地步；直到上月我接到你一封信说，你从此变成天涯一孤鸿了，我才想起有一次正是风雨交作的晚上，我在你所住的"梅窟"坐着，你对我说："隐！世界上冷酷的人太多了，我很佩服你的卓然自持，现在已得到最后的胜利！我真没有你那种胆量和决心，只有自己摧残自己，前途结果现在虽然不能定，但是惨象已露，结果恐不免要演悲剧呢。"我那时知道你蕴藏心底必有不可告人的苦衷，本想向你盘诘，恐怕你不愿对我说，故只对你说了几句宽解的话。不久雨止了，余云尽散，东山捧出淡淡月儿，我们站在廊庑下，沉默着彼此无语，只有互应和着低微之吁气声。

最近我接到你一封信，你说：

> 隐友！《或人的悲哀》中的恶消息："唯逸已于昨晚死了！"隐友！怎么想得到我便是亚侠了，游戏人间的结果只是如斯！……但是亚侠的悲哀是埋葬在湖心了，我的悲哀只有飘浮的天心了，有母亲在，我须忍受腐蚀的痛苦活着。……

我自从接到你这封信，我深悔《或人的悲哀》之作。不幸的唯逸和亚侠，其结果之惨淡，竟深刻在你活跃的心海里。即你的拘执和自傲，何尝不是受我此作的无形影响。我虽然知道纵不读我的作品，在你超特的天性里早已蛰伏着拘执的分子，自傲的色彩，不过若无此作，你自傲和拘执或不至如是之深且刻。唉！亲爱的朋友，你所引为同情的唯逸既已死了，我是回天无术，但我却要恳求你不要作亚侠罢。你本来体质很好，并没有心脏病，也不曾吐血，你何必自己过分的糟蹋呢。我接到你纵性喝酒的消息，十分难受。亲爱的朋友！你对于爱你的某君，既是不能在他生时牺牲无谓的毁誉，而满足他如饥如渴的纯挚情怀，又何必在他死后，作无谓的摧残呢？你说："人事难测，我明年此日或者已经腐枯，亦未可知！……现在我毫无痛苦，一切麻木，仰观明月游云，常自窃笑人类之愚痴可怜。"唉！你的矛盾心理，你自己或不觉得，而我却不能不为你可怜。你果真麻木，又何至于明年此日化为枯槁？我诚知人到伤心时，往往不可理喻，不过我总希望你明白世界本来不是完全的，人生不如意事也自难免，便是你所认为同调的某君不死，并且很顺当的达到完满的目的；但是胜利以后，又何尝没有苦痛？况且恋感譬如漠漠平林上的轻烟微雾,只是不可捉摸的,使恋感下跻于可捉摸的事实,恋感便将与时日而并逝了。亲爱的朋友呀!你虽确是悲剧中之一角,我但愿你以此自傲,不要以此自伤吧!

昨夜星月皎洁,微风拂煦,炎暑匿迹,我同一个朋友徘徊于静安寺路。忽见一所很美丽庄严的外国坟场,那时铁门已阖,我们只在那铁棚隙间向里窥看,只见坟牌莹洁,石墓纯白;墓旁安琪儿有的低头沉默,似为死者之幽灵祝福;有的仰瞩天容,似伴飘忽的魂魄上游天阆。我们驻立忘返。忽然坟场内松树之颠,住着一个夜莺,唱起悲凉的曲子。我忽然又想起你来了。

回来之后忽接得文菊的一封信说:

隐友!前接来信,令我探听PM的近况,她现在确是十分凄楚。我每和她谈起FN的死,她必泪沾襟袖,呜咽的说:"造物戏我太甚!使我杀人,使我陷入于类似自杀之心境!"自然哟!她的悲凉原不是无因。我当年和她在故乡同学的时候,她是很聪明特出的学生。有一个青年十分美慕她,曾再三想和她缔交,她也晓得那青年也是个很有志趣的人,渐渐便相熟了。后来她离开故乡，到北京去求学，那青年便和她同去。她以离开温情的父母和家庭，来到四无亲故的燕都，当然更觉寂寞凄凉，FN常常伴她出游。在这种环境下，她和他的交感之深，自与时日俱进了。那时我们总以为有情人终成眷属了，然而人事不可测，不久便听说FN病了，病因很复杂，隐约听说是呕血之症。这种的病，多半因抑郁焦劳而起，我很觉得为PM担忧，因到她住的"梅窟"去访她。我一进门便看见她惝然无言的坐在案旁，手里拿着一张甫写成的几行信稿。她见我进来，便放下信稿招呼我。正在她倒茶给我喝的时候，我已将那桌上的信稿看了一遍，她写的是："……飞蛾扑火而焚身，春蚕作茧以自缚，此岂无知之虫蚕独受其危害，要亦造物罗网，不可逃数耳！即灵如人类，亦何能摆脱？……"隐友！PM的哀苦，可在这数行信笺中寻绎而出，何况她当时复戚容满面呢。我因问她道："你曾去看FN吗？他病好些吗？"她听我问完，便长叹道："他的病怎能那么容易好呢！瞧着罢！我虽不杀伯仁，伯仁终不免因我而死！"我说："你既知你有左右他的生死权，何忍终置之于死地！"她这时禁不住

哭了,她不能回答我所问的话,只从抽屉里拿出一封信给我看,只见上面写道:

"PM!近来我忽觉得我自己的兴趣变了,经过多次的自省,我才晓得我的兴趣所以致变的原因。唉!PM!在这广漠的世界上我只认识了你,也只专程的膜拜你,愿飘零半世的我,能终覆于你爱翼之下!"

"诚然,我也知道,这只是不自然的自己束缚自己。我们为了名分地位的阻碍,常常压伏着自然情况的交感,然而愈要冷淡,结果至于愈其热烈。唉!我实不能反抗我这颗心,而事实又不能不反抗,我只有幽囚在这意境的名园里,作个永久的俘虏罢!

FN"

隐友!世界上不幸的事何其多!不过因为区区的名分和地位,卒断送了一个有用的青年!其实其惨淡尚不止此,PM的毁形灭灵,更使人为之不忍,当时我禁不住陪着哭,但是何益!

她现在体质日渐衰弱,终日哭笑无常,有人劝她看佛经,但何处是涅槃?我听说她叫你替她作一篇记述,也好!你有功夫不妨替她写写,使她读了痛痛快快哭一场;久积的郁闷,或可借之一泻!

文菊

亲爱的朋友!当我读完文菊这封信,正是午夜人静的时候,淡月皎光已深深隐于云被之后,悲风呜咽,以助我的叹息。唉,朋友呵,我常自笑人类痴愚,喜作茧自缚,而我之愚更甚于一切人类。每当风清月白之夜,不知欣赏美景,只知握着一管败笔,为世之伤心人写照,竟使洒然之心,满蓄悲楚!故我无作则已,有所作必皆凄苦哀凉之音,岂偌大世界,竟无分寸安乐土,资人欢笑!唉!朋友哟!我不敢责备你毁情绝义以自苦,你为了因你而死的 FN,终日以眼泪洗面,我也绝不敢说你想不开。因为被宰割的心绝不是别人所能想到其痛楚;那么更有何人能断定你的哭是不应该的呢。哭罢,吾友!有眼泪的时候痛快的流,莫等欲哭无泪,更要痛苦万倍了。

你叫我替你作记述，无非要将一腔积闷宣泄。文菊叫我作记述，也不过要借我的酒杯为你浇块垒。这都有益于你的，我又焉敢辞？不过我终不敢大胆为你作传，我怕我的预料不对，我若写得不合你的意，必更增你的惆怅，更觉得你是天涯一孤鸿了。但是我若写得合你的意，我又怕你受了无形的催眠。——只有这封信给你，我对于你同情和推想，都可于此中寻得。你为之欣慰或伤感，我无从得知，只盼你诚实的告诉我，并望你有出我意料外的彻悟消息告诉我！亲爱的朋友！保重罢！

隐自海滨寄

（原载于1926年10月10日《小说月报》第17卷第10号）

灵海潮汐致梅姊

亲爱的梅姊：

我接到你的来信后，对于你的热诚，十分的感激。当时就想抉我心头的隐衷，详细为你申说。然自从我回到故乡以后，我虽然每天照着明亮的镜子，不曾忘却我自己的形容，不过我确忘记了整个儿我的心的状态。我仿佛是喝多了醇酒，一切都变成模糊。其实这不是什么很奇怪的事，因为你只要知道我的处境，是怎样的情形，和我的心灵怎样被捆扎，那末你便能想像到，纵使你带了十三分活泼的精神来到这里，也要变成阶下的罪囚，一切不能自由了。

我住的地方，正在城里的闹市上。靠东的一条街，那是全城最大的街市，两旁全是店铺，并不看见什么人们的住房。因为这地方的街市狭小，完全赁用人民的住房的门面作店铺,所以你可以想像到这店铺和住家是怎样的毗连。住户们自然有许多不便,他们店铺的伙计和老板,当八点以后闭了店门,便掇三两条板凳,放上一块藤绷子,横七竖八的睡着;倘若你夜里从外头回来的时候,必要从他们挺挺睡着的床边走过,不但是鼾声吓人,那一股炭气和汗臭,直熏得人要吐。尤其是当你从朋友家里宴会回来以后,那一股强烈的刺激,真容易使得人宿酒上涌呢!

我曾记得有一次,我和玉姊同到青年会看电影,那天的片子是《月宫宝盒》,其中极多幽美的风景,使我麻木的感官,顿受新鲜的刺激,那轻松的快感仿佛置身另一世界。不久,电片映完,我们自然要回到家里,这时候差不多快十二点了。街上店铺大半全闭了门,电灯也都掩息,只有三数盏路灯,如曙后孤星般在那里淡淡的发着亮,可是月姊已明装窥云,遂使世界如笼于万顷清波之下似的,那一种使人悄然意远的美景,不觉与心幕上适才的印象,融而为一……但是不久已到家门口,吓!一阵"鼾呼""鼾呼"的鼾声雷动,同时空气中渗着辣臭刺鼻,全身心被重浊的气压困着出不来气,这才体贴出人们的人间的意味来。至于庭院里呢?为空间经济起见,并不种蓓蕾的玫瑰和喷芬的夜合,只是污浊破烂的洗衣盆,汲水桶,

121

纵横杂陈。从这不堪寓目的街市，走到不可回旋的天井里，只觉手绊脚牵。至于我住的那如斗般的屋子里，虽勉强的把它美化，然终为四境的嘈杂，和孩子们的哭叫声把一切搅乱了。

这确是沉重的压迫，往往激起我无名的愤怒。我不耐烦再开口和人们敷衍，我只咒诅上帝的不善安置，使我走遍了全个儿的城市，找不到生命的休息处。我又怎能抉示我心头的灵潮，于我亲爱的梅姊之前呢！

不久又到了夏天，赤云千里的天空，可怜我不但心灵受割宰，而且身体更郁蒸，我实在支持不住了，因移到鼓岭来住——这是我们故乡三山之一。鼓岭位于鼓山之巅，仿佛宝塔之尖顶，登峰四望，可以极目千里，看得见福州的城市民房栉毗，及汹涛骇浪的碧海，还有隐约于紫雾白云中的岩洞迷离，峰峦重叠。我第一天来到这个所在，不禁满心怅惘，仿佛被猎人久围于暗室中的迷路亡羊，一旦被释重睹天日，欣悦自不待说。然而回想到昔日的颠顿艰辛，不禁热泪沾襟！

然而透明的溪水，照见我灵海的潮汐，使我重新认识我自己。我现在诚意的将这潮汐的印影，郑重的托付云雀，传递给我千里外的梅姊，和凡关心我的人们，这是何等的幸运。使我诅咒人生之余，不免自惭，甚至忏悔，原来上帝所给予人们的宇宙，正不是人们熙攘奔波的所在。呵！梅姊，我竟是错了哟！

一　鸡声茅店月

当我从崎岖陡险的山径攀缘而上以后，自是十分疲倦，没有余力更去饱觅山风岚韵；但是和我同来的圃，她却斜坡夕阳，笑意沉酣的，来到我的面前说："这里风景真好，我们出去玩玩吧！"我听了这话，不免惹起游兴，早忘了疲倦，因遵着石阶而上，陡见一片平坦的草地，静卧于松影之下。我们一同坐在那柔嫩的碧茵上，觉得凉风拂面，仿佛深秋况味。我们悄悄坐着，谁也不说什么，只是目送云飞，神并霞驰，直到黄昏后，才慢慢的回去。晚饭后，摊开被褥，头才着枕，就沉沉入梦了。这一夜睡得极舒畅。一觉醒来，天才破晓，淡灰色的天衣，还不曾脱却，封岩闭洞的白云，方姗姗移步。天边那一钩残月，容淡光薄，仿佛素女身笼轻绡，悄立于霜晨凌竦中。隔舍几阵鸡声，韵远趣清。推窗四望，微雾轻烟，掩映于山巅林际。房舍错落，因地为势，美景如斯，遂使如重囚的我，遽然被释，久已不波的灵海，顿起潮汐，芸芸人海中的我真只是一个行尸呵！

灵海既拥潮汐，其活泼腾越有如游龙，竟至不可羁勒。这一天黎明，我便起来，怔立在回廊上，不知是何心情，只觉得心绪茫然，不复自主。

记起五年前的一个秋天早晨，——天容淡淡，曙光未到之前，我和仪姊同住在一所临河的客店里，——那时正是我们由学校回家乡的时候。头一天起早，坐轿走了五十里，天已黑了，必须住一夜客店，第二天方能到芜湖乘轿。那一家客店，只有三间屋子，一间堂屋，一间客房，一间是账房，后头还有一个厂厅排着三四张板床，预备客商歇脚的。在这客店住着的女客除了我同仪姊没有第三个人，于是我们两人同住在一间房里，——那是惟一的客房。我一走进去，只见那房子里阴沉沉的，好像从来未见阳光。再一看墙上露着不到一尺阔的小洞，还露着些微的亮光，原来这就是窗户。仪姊皱着眉头说："怎么是这样可怕的所在？你看这四面墙壁上，和屋顶上，都糊着十年前的陈报纸，不知道里面藏着多少的臭虫虱子呢，……"我听了这话由不得全身肌肉紧张，掀开那板床上的破席子看了看，但觉臭气蒸溢，不敢再往那上面坐。这时我忽又想到《水浒》上的黑店来了，我更觉心神不安。这一夜简直不敢睡，怔怔的坐着数更筹。约莫初更刚过，就来了两个查夜的人，我们也不敢正眼看他，只托店主替我们说明来历，并给了他一张学校的名片，他才一声不响的走了。查夜的人走了不久，就听见在我们房顶上，许多人嘻嘻哈哈的大笑。我和仪姊四目对望着，正不知怎么措置，刚好送我们的听差走进来了，问我们吃什么东西。我们心里怀着黑店的恐惧，因对他说一概不吃。仪姊又问他这上面有楼吗，怎么有许多人在上面呵？那听差的说："那里并不是楼，只是高不到三尺堆东西的地方，他们这些人都窝在上边过大烟瘾和赌钱。"我和仪姊听了这话，才把心放下了，然而一夜究竟睡不着。到三更后，那楼上的客人大概都睡了，因为我们曾听见鼾呼的声音，又坐了些时就听见远远的鸡叫，知道天快亮了，因悄悄的开了门到外面一看，倒是满庭好月色，茅店外稻田中麦秀迫风，如拥碧波。我同仪姊正在徘徊观赏，渐听见村人赶早集的声音，我们也就整装奔前途了。

灵潮正在奔赴间，不觉这时的月影愈斜，星光更淡，鸡鸣、犬吠，四境应响，东方浓雾渐稀，红晕如少女羞颜的彩霞，已择隙下窥，红而且大的昊日冉冉由山后而升，刹那间霞布千里，山巅云雾，逼炙势而匿迹，蔚蓝满空。唉！如浮云般的人生，其变易还甚于这月露风云呵，梅姊也以为然吗？

二　动人无限愁如织

梅姊！你不是最喜欢苍松吗？在弥漫黄沙的燕京，固然缺少这个，然而我们这里简直遍山都是。这种的树乡里的人都不看重它，往往砍下它的枝干作薪烧，可是我极爱那伏龙夭矫的姿势。恰好在我的屋子前有数十株臂般大的松树，每逢微风穿柯，便听见涛声澎湃，我举目云天，一缕愁痕，直奔胸臆。噫！清翠的涛声呵！然而如今都变成可怕的涛声了。梅姊！你猜它是带来的什么消息？记得去年八月里，正是黄昏时候，我还是住在碧海之滨的小楼上，我们沿着海堤去看，只见斜阳满树，惊风鼓浪，细沫飞溅衣襟，也正是涛声澎湃，然而我那时对于这种如武士般的壮歌，只是深深的崇拜，崇拜它的伟大的雄豪。

我深深记得我们同行海堤共是五人，其间有一个J夫人——梅姊未曾见过,——她的面貌很美丽,尤其她天性的真稚,仿佛出壳的雏莺。她从来不曾见过四无涯涘的海,这是她第一次看见海了,她极欣悦的对我说:"海上的霞光真美丽,真同闪光的柔锦相仿佛,我几时也能乘坐那轮船,到外国遨游一番,便不负此生了。"我微笑道:"海行果然有趣。然而最怕遇见风浪,……"J夫人道:"吓,如果遇见暴风雨,那真是可怕呢。我记得我母亲的一个内侄,有一次从天津到上海,遇到飓风,在海里颠沛了六七天,幸而倚傍着一个小岛,不然便要全船翻覆了!"我们说到海里的风浪,大家都感着心神的紧张。我更似乎受到暗示般,心头觉得忐忑不定。我忽想到涵曾对我说:"星相者曾断定他二十八岁必死于水,……"这自然是可笑的联想,然而实觉得涵明年出洋的计划,最好不要实现……这时涵正与振铎谈讲着怎样为他的亡友编辑遗稿,我自不便打断他的话头,对他说我的杞忧……

我们谈着不觉天色已黑下来,并且天上又洒下丝丝的细雨来,我们便沿着海堤回去了。晚饭后我正伏着窗子看海,又听见涛声澎湃,陡得又勾起我的杞忧来。我因对涵说:"我希望你明年不要到外国去……"涵怔怔的道:"为什么?"我被他一问又觉得我的思想太可笑了,不说罢!然而不能,我啜嚅着说:"你不记得星相者说你二十八岁要小心吗?……"涵听了这话不觉噗的一声笑道:"你真有些神经过敏了,怎么忽然又想起这个来!"我被她讪笑了一阵,也自觉惭沮,便不愿多说,……而不久也就忘记了。

涛声不住的澎湃,然而涵却不曾被它卷入漩涡,但是涵还不到二十八岁,已被病魔拖了去。唉!这不但星相者不曾料到,便是涵自身也未曾梦想到呵!当他在浪拥波掀的碧海之滨,计划为他的亡友整理遗稿,他何尝想到第二年的今日,松涛澎湃中,我正为他整理残篇呢。我一页一页的抄着,由不得心凄目眩。我更拿出他为亡友预备编辑而未曾编辑的残简一叠,更不禁鼻酸泪涕。唉!不可预料的昙花般的生命,正不知道我能否为他整理完遗著,并且又不知道谁又为我整理遗著呢!梅姊!你看风神勤鼓着双翼,松涛频作繁响,它带来的是什么消息,……正是动人无限愁如织呵!

三 斜阳正在烟柳断肠处

斜阳满山,繁英呈艳。我同围绕过山径,那山路忽高忽低曲折蜿蜒。山洼处一方稻田，麦浪拥波，翠润悦人。走尽田垄，忽见奇峰壁立，一抹残阳，正反映其上。由这里拨乱草探幽径，转而东折，忽露出一条石阶，随阶而上，其势极险，弯腰曲背，十分吃力，走到顶颠，下望群峰起伏，都映掩于淡阳影里。我同囿坐在悬崖上，默默的各自沉思。

我记得那是一个极轻柔而幽静的夜景，没有银盘似的明月，只是点点的疏星，发着闪烁的微光。那寺里一声声钟鼓荡漾在空气里时，实含着一种庄严玄妙的暗示。那一队活泼的青年旅行者，正在那大殿前一片如镜般的平地上手搀着手，捉迷藏为嬉。我同囿、德三个人悄悄的走出了山门，便听见瀑布的潺潺溅溅的声音，我们沿着石路慢慢的散着步，两旁的松香清澈，树影参差。我们唱着极凄凉的歌调，囿有些怅惘了，她微微的叹息道："良辰美景……"底下的话她不愿意更说下去，因换了话头说，"这个景致，极像某一张影片上的夜景，真比什么都好，可是我顶恨这种太好的风景恒使我惹起无限莫名的怅惘来。"我仿佛有所悟似的，因道："囿，你猜这是什么原因？……正是因为环境的轻松，内心得有回旋的余地，潜伏心底的灵性的要求自然乘机发动；如果不能因之满足，便要发生一种怅惘的情绪,然而这怅惘的情绪,却是一种美感,恒使吾人迟徊不忍舍去。"我们正发着各自的议论,只有德一声不哼的感叹着,圊似乎不在意般的又接着道:"我想无论什么东西,过于着迹,就要失却美感,风景也是如此,只要是自然的便好,那人工堆砌的究竟经不住仔细端相……甚至于交朋友,也最怕的是腻,因为腻了便觉得丑态毕露。世界上的东西,一面是美的,一面是丑的,若果能够掩饰住丑的,便都是美的可欣美的,否则都是些罪恶!"唉!梅姊,圊的一席话,正合了我的心。你总当记得朋友们往往嫌我冷淡,其实这种电流般的交感,不过是霎时的现象,索居深思的时候,一切都觉淡然!我当时极赞同圊的话,但我觉得德这时有些仿佛失望似的。自然啦,她本是一个热情的人,对于朋友,常常牺牲了自己而宛转因人,而且是过分的细心,别人的一举一动,她都以为是对她而发的,或者是有什么深意。她近来待我很好,可是我久已冷淡的心情,虽愿意十分的和她亲热,无如总是落落的。她自然时常感到不痛快,可是我不能出于勉强的敷衍,不但这是对良心不住,而且也不耐烦;然而她现在无精打采的长叹着,我有些难受了。我想上帝太作弄我,既是给我这种冷酷而少信仰的心情,就不该同时又给我这种热情的焚炙。

　　最使我不易忘怀的,是德将要离开我们的那一天。午饭后,她便忙着收拾行装,我只怔怔的坐着发呆。她凄然的对我说:"我每年暑假离开这个学校时,从不曾感到一些留恋的意味,可是这一次就特别了,老早的就心乱如麻说不出那一种'剪不断,理还乱'的滋味……"她说着眼圈不觉红了。我呢?梅姊若是前五年,我的眼泪早涌出来了,可是现在百劫之余的心灵,仿佛麻木了。我并不是没有同情心,然而我终没有相当的表现,使那对方的人得到共鸣的安慰。当我送她离开校门的时候,正是斜阳满树,烟云凄迷,我因冷冷的道:"德!你看斜阳正在烟柳断肠处。"德听了这话,顿时泪如雨下,可是我已经干枯的泪泉,只有惭愧着,直到德的影子不可再见了,我才悄悄的回来。我想到了这里,不觉叹了一声,圊忽回头对我说:"趁着好景未去的时候,我们回去吧!也留些不尽的余兴。"梅姊!这却是至理名言呵!

四 寒灰寂寞凭谁暖，落叶飘扬何处归

梅姊！我这个心终久是空落落的，然而也绝不想使这个心不空落，因为世界上究少可凭托的地方，至于归宿呢，除去进了"死之宫门"，恐怕没有归宿处呵！空落落的心不免到处生怯，明明是康庄大道，然而我从不敢坦然的前进，但是独立于落日参横，灰淡而沉寂的四空中，又不免怅然自问"寒灰寂寞凭谁暖？落叶飘扬何处归"了。梅姊！可怜以矛刺盾，转战灵田，不至筋疲力倦，奄然物化，尚有何法足以解脱？

有时觉得人们待我也很有情谊，聊以自慰吧！然而多半是必然的关系，含着责任的意味，而且都是搔不着痒处的安慰，甚于有时强我咽所不愿咽的东西。唉！转不如没有这些不自然的牵扯，反落得心身潇洒，到而今束身于桎梏之中，承颜仰色，何其无聊！

但是世界上可靠的人，究竟太少，怯生生的我，总不敢挣脱这个牢笼，放胆前去。我梦想中的乐园，并不是想在绮罗丛里，养尊处优，也不是想饮宴席上觥筹交错。我不过求两椽清洁质朴的茅屋，一庭寂寞的花草，容我于明窗净几之下，饮酽茶，茹山果，读秋风落叶之什，抉灵

海潮汐，示我亲爱的朋友们。唉！我所望的原来非奢，然而蹉跎至今，依然夙愿莫偿，岁月匆匆，安知不终抱恨长辞。虽然我也知道在这世界上，正有许多醉梦沉酣的人们，膏沐春花秋月般的艳容，傲睨于一群为他们而颠倒的青年之前，是何等的尊若天神。青年们如疯狂似的俯伏她们的足前，求她们的嫣然一笑时，是何等的沉醉迷离。呵！梅姊！你当然记得从前在梅窟时你我的豪兴，我们曾谈到前途的事业，你说你希望诗神能够假你双翼，使你凌霄而上，采撷些仙果琼葩，赐予久不赏识美味的世人，这又是何等超越之趣，然而现在你却怔立在悲风惨日的新墓之旁，含泪仰视。呵！梅姊！你岂是已经掀开人间的厚幕，看到最后的秘密了吗？若果是的，请你不必深说罢！我并恳求你暂且醉于醇醪，以幻象为真实吧！更不必问到"落叶飘扬何处归"的消息，因为我不能相信在这世界上可以求到所谓凭托与归宿呵！

梅姊！只要我一日活着，我的灵海潮汐将掀腾没有已时，我尤其怕回首到那已经成尘的往事，然而我除了以往事的余味，强为自慰外，我更不知将何物向你诉说！现在的我，未来的我，真仿佛剩余的糟粕，无情的世界诚然厌弃我，然而我也同样的憎厌世界呵！

梅姊！我自然要感激你对我的共鸣，你希望我再到北京，并应许我在凄风苦雨之下伴我痛哭，唉！我们诚然是世界上的怯弱者，终不免死于失望呵！……梅姊！我兴念及此，一管秃笔不堪更续了哟！

（原载于1926年11月10日《小说月报》第17卷第11号）

呓 语

梅：

　　别不几时，彼此都有"往事难重省"之慨，然而何必深说！抑何忍深说！正所谓"伤心岂独息夫人"？想到家后，心境必差强人意，有父母在好在的撒娇吧！尽情的享受天伦之乐吧！我是无父母的孤零人了，我的母亲所留给我的，只是些暴烈的伤痕，再想她老人家，用轻皱而微颤的手，摸摸我的头，替我整理行装，嘱咐我早些归来，嗳！这些只是"他生未卜此生休"，那三四尺的桐棺，固然尚未入土，然而只此区区之隔，已是人天路遥了，叫我和谁诉苦去？——唉！我纵相信母亲的爱，比什么都纯挚，都圣洁，然而何益！午夜人静，独坐思量，也许母亲尚在旁边陪我垂泪，只恨我肉眼凡胎，难接吾母之灵，这空落落的心，终是凄苦的呵！

你前信叫我为《妇女周刊》作些稿子，我自是愿意，无如我近来心境颓唐慵懒已极，当年那些栉风沐雨，挺然不拔的豪兴，都与日月俱逝，但道不关于我的处境，我的处境，在平常人看来或者还要羡慕我呢，只恨我自己生性难改，悲凉心情，今昔犹是！

近两日天气比较凉快，我又不喜早睡，所以倒可作些东西，不过一无统系，只是些狂人呓语，聊寄上补补白吧？

一　我的朋友

我原来不寂寞，斗室方庐虽小，连树儿也没一棵，但隔邻却有一个小花园，住着杨树的秦吉了，叫过了"伏天，伏天"，便是蝈蝈唱着"咯咯！咯咯！"再歇一歇又是夏蝉儿拉着长声"唧唧！唧唧！"一递一声的已经够热闹了，更加上蟋蟀儿的"咄咄！咄咄！"真是声多弦繁呵！作了小宝宝的催眠歌，安慰了我不少的别情离绪。唉！我的朋友——青青的蝈蝈，小蝉儿，秦吉了，更有那蟋蟀儿，你们煞是多情哟！但是谁送你们来的？蓝天上的白云吗？深山里的流泉吧！唉！真真的不可思议；你们岂是来无踪，去无迹？还是来自有方去自有地？……我原是被天地宰割的一俘虏，对于你们的多情，无力报复，只等金风一起，你们藏的藏，避的避，我有什么法子留你们多住些时，更有什么机会和你们缱绻说情愫呵！天地本来无情，你们的多情只是自误，怨谁呢！

二　北海里的黄昏

这真值得深忆，——最耀眼是那荷露的凝珠，映着斜阳闪烁，三两朵挺立碧水上的红莲迎风含笑，更有那蔚蓝的云天，衬着艳丽的彩霞，极目云深处轻烟缭绕，是碧落？是人间？何暇分辨，我只怔坐荷塘边，看游鱼啄唼，听草虫细语，转眼忽见一株老松旁，倚着一根钓竿；我兴奋的拿了过来，和舟子讨了几个小虫，正是安派香饵钓游鱼，但是我放钓钩很久，而不曾有一个鱼儿上钩，唉……鱼儿虽蠢，然而比我却聪明得多呢！

风过处银浪翻雪，浪过处霞光万道，此时真是斜曛如醉。坐在北海滨斜曛下的我，真如饮醇醪，何暇更一深念,这刹那的海市蜃楼,转眼便风凄露冷,寒蛩声声,催我归去。此时纵感悟今昔,然而何益!深刻伤痕已铭心镂骨了呵!

三 雨云一瞥

烈日当空,烦躁得紧,不住掠扇,抵不住挥汗,头涨脑肥,但觉心头如炙,解暑汤喝一碗吧,但只过了我口头的渴,扑不灭我心头的火。虽经我默默的祷祝帘幕间,微觉有些凉意,仰视天容,果然有一片——仅仅的一片可以致雨的夏云,唉!多情的碧翁翁!原来还有些不忍人之心,其余的,我对他将如何感激。我怔怔注视这一片雨云,忽而淡,忽而深,有些雨意了,我枯槁的心,有些见苏息之望了,这时未透彻混元大地真相的我,虚拟仙葩开满心田,幻想美果满缀繁枝,微微的含笑,含笑注视天空;谁期一霎的凉意,而今已如堕欢,何处寻觅?雨云恹恹而病,更奄奄以殁,搜罗四空,不见踪迹;只有那毒狠的烈日,骄视大地,唉!雨云呵!你的昙花一现,只使我魔高千丈,何苦呢!

四 相思中的海滨精庐

我原不配自称高人,然而也够不上作俗子,只是一个半悬空的秋千架,有时因风力之便,虽不能与鸿鹄相征逐,然而黄昏的蝙蝠儿,我倒可以和它比比高低呢。我没有唐明皇遨游月宫的狂志,却有屈老先生行吟海滨之愿望,在我希冀中,只望于海滨辽阔之地,得一傍崖绕溪之区,建两三间茅庐,极自然之趣,朝看海雾幻形,暮听江涛低唱,我之所望已足,然而只此区区之望,而今仍在相思中,无计奈何!只得念念刘克庄的《摸鱼儿》:"叹采药名山读书精舍,此计何时就!"正所谓借他人酒杯,浇自己块垒,但愿海滨精庐,化成无形幻梦,使我夜夜随之而游吧!

五 浮家海上的哥哥

自母亲去后,我们兄弟姐妹各走一方,所谓树倒猢狲散,但是这原是聚散无常的大道理,古往今来,谁能独避?最难堪的我那个浮家海上的哥哥,他十年前曾作过覆舟下的逃生者，每提起海上生涯，不免皱眉蹙额，但而今为一百余元的薪米之费，充当海舰上的医生，今日汕头听潮声，明朝又到厦门看浪花，我嫂嫂不能同去，不用说她牵肠挂肚，我哥哥也何尝不望烟云而凄迷呢！便是我要想寄封信给他，也因飘浮无定址，虽有征鸿，而吩咐无从！唉！母亲呵！我有时望你阴灵不远，冥冥之中护佑我们兄弟姐妹们；有时我又怕你真个有灵，看了这一家星散的情景能不心伤吗？唉！今夜月色十分皎洁，我仿佛看见一片汪洋的大海，上接碧落，下抵黄泉，这正是不上不下的人间，那其间有对月垂泪的我的哥哥和我的嫂嫂，但是何只他和她的一双泪眼模糊，唉！人生光阴有限，如此的苦挨者，究竟生也何趣，死又何悲呢！

（原载于1925年9月2日《京报副刊·妇女周刊》第38号）

辑三

东京小品

咖啡店

橙黄色的火云包笼着繁闹的东京市,烈炎飞腾似的太阳,从早晨到黄昏,一直光顾着我的住房;而我的脆弱的神经,仿佛是林丛里的飞萤,喜欢忧郁的青葱,怕那太厉害的太阳,只要太阳来统领了世界,我就变成了冬令的蛰虫,了无生气。这时只有烦躁疲弱无聊占据了我的全意识界;永不见如春波般的灵感荡漾,……呵!压迫下的呻吟,不时打破木然的沉闷。

有时勉强振作,拿一本小说在地席上睡下,打算潜心读两行,但是看不到几句,上下眼皮便不由自主的合拢了。这样昏昏沉沉挨到黄昏,太阳似乎已经使尽了威风,渐渐的偃旗息鼓回去,海风也凑趣般吹了来,我的麻木的灵魂,陡然惊觉了,"呵!好一个苦闷的时间,好象换过了一个世纪!"在自叹自伤的声音里,我从地席上爬了起来，走到楼下自来水管前，把头脸用冷水冲洗以后，一层遮住心灵的云翳遂向苍茫的暮色飞去，眼前现出鲜明的天地河山，久已凝闭的云海也慢慢掀起波浪，于是过去的印象，和未来的幻影，便一种种的在心幕上开映起来。

忽然一阵非常刺耳的东洋音乐不住的送来耳边，使听神经起了一阵痉挛。唉！这是多么奇异的音调，不像幽谷里多灵韵的风声，不像丛林里清脆婉转的鸣鸟之声，也不像碧海青崖旁的激越澎湃之声……而只是为衣食而奋斗的劳苦挣扎之声。虽然有时声带颤动得非常婉妙，使街上的行人不知不觉停止了脚步，但这只是好奇，也许还含着些不自然的压迫，发出无告的呻吟，使那些久受生之困厄的人们同样的叹息。

这奇异的声音正是从我隔壁的咖啡店里一个粉面朱唇的女郎樱口里发出来的。——那所咖啡店是一座狭小的日本式楼房改造成的，在三四天以前！我就看见一张红纸的广告贴在墙上，上面写着本咖啡店择日开张，从那天起，有时看见泥水匠人来洗刷门面，几个年青精壮的男人布置壁饰和桌椅，一直忙到今天早晨，果然开张了。当我才起来，推开玻璃窗向下看的时候，就见这所咖啡店的门口，两旁放着两张红白夹色纸糊的三角架子，上面各支着一个满缀纸花的华丽的花圈,在门楣上斜插着一枝姿势活泼鲜红色的枫树,沿墙根列着几种松柏和桂花的盆栽,右边临街的窗子垂着淡红色的窗帘,衬着那深咖啡色的墙,真有一种说不出的鲜明艳丽。

在那两个花圈的下端,各缀着一张彩色的广告纸,上面除写着本店即日开张,欢迎主顾以外,还有一条写着"本店用女招待"字样,——我看到这里,不禁回想到西长安街一带的饭馆门口那些红绿纸写的雇用女招待的广告了。呵!原来东方的女儿都有招徕主顾的神通!

我正出神的想着,忽听见叮叮喤喤的响声,不免寻声看去,只见街心有两个年青的日本男人,身上披着红红绿绿仿佛袈裟式的半臂,头上顶着像是凉伞似的一个圆东西,手里拿着铙钹,像戏台上的小丑一般,在街心连敲带唱,扭扭捏捏,怪样难描,原来这就是活动的广告。

他们虽然这样辛苦经营,然而从清晨到中午还不见一个顾客光临,门前除却他们自己作出热闹声外,其余依然是冷清清的。

黄昏到了,美丽的阳光斜映在咖啡店的墙隅,淡红色的窗帘被晚凉的海风吹得飘了起来,隐约可见房里有三个年青的女人盘膝跪在地席上,对着一面大菱花镜,细细的擦脸，涂粉，画眉，点胭脂，然后袒开前胸，又厚厚的涂了一层白粉，远远看过去真是"肤如凝脂，领如蝤蛴"，然而近看时就不免有石灰墙和泥塑美人之感了。其中有一个是梳着辫子的，比较最年轻也最漂亮，在打扮头脸之后，换了一身藕合色的衣服，腰里拴一条橙黄色白花的腰带，背上驮着一个包袱似的东西，然后款摆着柳条似的腰肢，慢慢下楼来，站在咖啡店的门口，向着来往的行人"巧笑倩兮，美目盼兮"，大施其外交手段。果然没有经过多久，就进去两个穿和服木屐的男人。从此冷清清的咖啡店里骤然笙箫并奏，笑语杂作起来。有时那个穿藕合色衣服的雏儿唱着时髦的爱情曲儿，灯红酒绿，直闹到深夜兀自不散。而我呢，一双眼的上眼皮和下眼皮简直分不开来，也顾不得看个水落石出。总而言之，想钱的钱到手，赏心的开了心，圆满因果，如是而已，只应合十念一声"善哉"好了，何必神经过敏，发些牢骚，自讨苦趣呢！

（原载于1930年12月《妇女杂志》第16卷第12号）

庙 会

正是秋雨之后，天空的雨点虽然停了，而阴云兀自密布太虚。夜晚时的西方的天，被东京市内的万家灯火照得起了一层乌灰的绛红色。晚饭后，我们照例要到左近的森林中去散步。这时地上的雨水还不曾干，我们各人都换上破旧的皮鞋，拿着雨伞，踏着泥滑的石子路走去。不久就到了那高矗入云的松林里。林木中间有一座土地庙，平常时都是很清静的闭着山门，今夜却见庙门大开，门口挂着两盏大纸灯笼。上面写着几个蓝色的字——天主社，——庙里面灯火照耀如同白昼，正殿上搭起一个简单的戏台，有几个戴着假面具的穿着彩衣的男人——那面具有的像龟精鳖怪，有的像判官小鬼，大约有四五个人，忽坐忽立，指手画脚的在那里扮演，可惜我们语言不通，始终不明白他们演的是什么戏文。看来看去，总感不到什么趣味，于是又到别处去随喜。在一间日本式的房子前,围着高才及肩的矮矮的木栅栏,里面设着个神龛,供奉的大约就是土地爷了。可是我找了许久,也没找见土地爷的法身,只有一个圆形铜制的牌子悬在中间,那上面似乎还刻着几个字,离得远,我也认不出是否写着本土地神位,——反正是一位神明的象征罢了。在那佛龛前面正中的地方悬着一个幡旌似的东西,飘带低低下垂。我们正在仔细揣摩赏鉴的时候,只见一个年纪五十上下的老者走到神龛面前,将那幡旌似的飘带用力扯动,使那上面的铜铃发出零丁之声,然后从钱袋里掏出一个铜钱——不知是十钱的还是五钱的,只见他便向佛龛内一甩,顿时发出铿锵的声响,他合掌向神前三击之后,闭眼凝神,躬身膜拜,约过一分钟,又合掌连击三声,这才慢步离开神龛,心安意得的走去了。

自从这位老者走后,接二连三来了许多人,男的女的,老的少的,——还有尚在娘怀抱里的婴孩也跟着母亲向神前祈祷求福,凡来顶礼的人都向佛龛中舍钱布施。还有一个年纪二十多岁的女人,身上穿着白色的围裙,手中捧着一个木质的饭屉,满满装着白米,向神座前贡献。礼毕,那位道袍秃顶的执事僧将饭屉接过去,那位善心的女施主便满面欣慰的退出。

我们看了这些善男信女礼佛的神气，不由得也满心紧张起来，似乎冥冥之中真有若干神明，他们的权威足以支配昏昧的人群，所以在人生的道途上，只要能逢山开路，见庙烧香，便可获福无穷了。不然，自己劳苦得来的银钱柴米，怎么便肯轻轻易易双手奉给僧道享受呢？神秘的宇宙！不可解释的人心！

我正在发呆思量的时候，不提防同来的建扯了我的衣襟一下，我不禁"呀"了一声，出窍的魂灵儿这才复了原位，我便问道："怎么？"建含笑道："你在想什么？好像进了梦境，莫非神经病发作了吗？"我被他说得也好笑起来，便一同离开神龛到后面去观光。吓！那地方更是非常热闹，有许多倩装艳服，然而脚着木屐的日本女人，在那里购买零食的也有，吃冰激凌的也有。其中还有几个西装的少女，脚上穿着长筒丝袜和皮鞋，——据说这是日本的新女性，也在人丛里挤来挤去，说不定是来参礼的，还是也和我们一样来看热闹的。总之，这个小小的土地庙里，在这个时候是包罗万象的。不过倘使佛有眼睛，瞧见我满脸狐疑，一定要瞪我几眼吧。

迷信——具有伟大的威权，尤其是当一个人在倒霉不得意的时候，或者在心灵失却依据徘徊歧路的时候，神明便成为人心的主宰了。我有时也曾经历过这种无归宿而想像归宿的滋味，然而这在我只像电光一瞥，不能坚持久远的。

说到这里，使我想起童年的时候——我在北平一个教会学校读书，那一个秋天，正遇着耶稣教徒的复兴会，——期间是一来复。在这一来复中，每日三次大祈祷，将平日所作亏心欺人的罪恶向耶稣基督忏悔，如是，以前的一切罪恶便从此洗涤尽净，——哪怕你是个杀人放火的强盗，只要能悔罪便可得救，虽然是苦了倒霉钉在十字架的耶稣，然而那是上帝的旨意，叫他来舍身救世的，这是耶稣的光荣，人们的福音。——这种无私的教理，当时很能打动我弱小的心弦，我觉得耶稣太伟大了，而且法力无边，凡是人类的困苦艰难，只要求他，便一切都好了。所以当我被他们强迫的跪在礼拜堂里向上帝祈祷时，——我是无情无绪的正要到梦乡去逛逛，恰巧我们的校长朱老太太颤颤巍巍走到我面前也一同跪下，并且抚着我的肩说："呵！可怜的小羊，上帝正是我们的牧羊人，你快些到他的面前去罢，他是仁爱的伟大的呵！"我听了她那热烈诚挚的声音，竟莫明其妙的怕起来了，好像受了催眠术，觉得真有这么一个上帝，在睁着眼看我呢，于是我就在那些因忏悔而痛哭的人们的哭声中流下泪来了。朱老太太更紧紧的把我搂在怀里说道："不要伤心，上帝是爱你的。只要你虔心的相信他，他无时无刻不在你的左右……"最后她又问我："你信上帝吗？……好像相信我口袋中有一块手巾吗？"我简直不懂这话的意思，不过这时我的心有些空虚，——想到母亲因为我太顽皮送我到这个学校来寄宿，自然她是不喜欢我的，倘使有个上帝爱我也不错，于是就回答道："朱校长，我愿意相信上帝在我旁边。"她听了我肯皈依上帝，简直喜欢得跳了起来，一面笑着一面擦着眼泪……从此我便成了耶稣教徒了。不过那年以后，我便离开那个学校，起初还是满心不忘上帝，又过了几年，我脑中上帝的印象便和童年的天真一同失去了。最后我成了个无神论者了。

但是在今晚这样热闹的庙会中，虔诚信心的善男信女使我不知不觉生出无限的感慨，同时又勾起既往迷信上帝的一段事实，觉得大千世界的无量众生，都只是些怯弱可怜的不能自造命运的生物罢了。

在我们回来时,路上依然不少往庙会里去的人,不知不觉又联想到故国的土地庙了,唉!……

（原载于1930年12月《妇女杂志》第16卷第12号）

邻 居

别了,繁华的闹市!当我们离开我们从前的住室门口的时候,恰恰是早晨七点钟。那耀眼的朝阳正照在电车线上,发出灿烂的金光,使人想像到不可忍受的闷热。而我们是搭上市外的电车,驰向那屋舍渐稀的郊野去;渐渐看见陂陀起伏的山上,林木葱茏,绿影婆娑,丛竹上满缀着清晨的露珠,兀自向人闪动。一阵阵的野花香扑到脸上来,使人心神爽快。经过三十分钟,便到我们的目的地。

在许多整饬的矮墙里,几株姣艳的玫瑰迎风袅娜,经过这一带碧绿的矮墙南折,便看见那一座郁郁葱葱的松柏林,穿过树林,就是那些小巧精洁的日本式的房屋掩映于万绿丛中。微风吹拂,树影摩荡,明窗净几间,帘幔低垂,一种幽深静默的趣味,顿使人忘记这正是炎威犹存的残夏呢。

我们沿着鹅卵石垒成的马路前进，走约百余步，便见斜刺里有一条窄窄的草径，两旁长满了红蓼白荻和狗尾草，草叶上朝露未干，沾衣皆湿。草底鸣虫唧唧，清脆可听。草径尽头一带竹篱，上面攀缘着牵牛茑萝，繁花如锦，清香醉人。就在竹篱内，有一所小小精舍，便是我们的新家了。淡黄色木质的墙壁、门窗和米黄色的地席，都是纤尘不染。我们将很简单的家具稍稍布置以后，便很安然的坐下谈天。似乎一个月以来奔波匆忙的心身，此刻才算是安定了。

但我们是怎么的没有受过操持家务的训练呵！虽是一个很简单的厨房，而在我这一切生疏的人看来，真够严重了。怎样煮饭——一碗米应放多少水，煮肉应当放些什么浇料呵！一切都不懂，只好凭想像力一件件的去尝试。这其中最大的难题是到后院井边去提水，老大的铅桶，满满一桶水真够累人的。我正在提着那亮晶晶发光的水桶不知所措的时候，忽见邻院门口走来一个身躯胖大，满面和气的日本女人，——那正是我们头一次拜访的邻居胖太太——我们不知道她姓什么，可是我们赠送她这个绰号，总是很合适的吧！

她走到我们面前，向我们咕哩咕噜说了几句日本话，我们是又聋又哑的外国人，简直一句也不懂，只有瞪着眼向她呆笑。后来她接过我手里的水桶，到井边满满的汲了一桶水，放在我们的新厨房里。她看见我们那些新买来的锅呀、碗呀，上面都微微沾了一点灰尘，她便自动的替我们一件一件洗干净了，又一件件安置得妥妥帖帖，然后她鞠着躬说声サヨウナラ（再见）走了。

据说这位和气的邻居，对中国人特别有感情，她曾经帮中国人作过六七年的事，并且，她曾嫁过一个中国男人，……不过人们谈到她的历史的时候，都带着一种猜度的神气，自然这似乎是一个比较神秘的人儿呢，但无论如何，她是我们的好邻居呵！

她自从认识我们以后，没事便时常过来串门。她来的时候，多半是先到厨房，遇见一堆用过的锅碗放在地板上，或水桶里的水用完了，她就不用吩咐的替我们洗碗打水。有时她还拿着些泡菜，辣椒粉之类零星物件送给我们。这种出乎我们意外的热诚，不禁使我有些赧然。

当我没有到日本以前，在天津大阪公司买船票时，为了一张八扣的优待券，——那是由北平日本公使馆发出来的，——同那个留着小胡子的卖票员捣了许久的麻烦。最后还是拿到天津日本领事馆的公函，他们这才照办了。

而买票找钱的时候，只不过一角钱，那位含着狡猾面像的卖票员竟让我们等了半点多钟。当时我曾赌气牺牲这一角钱，头也不回的离开那里。他们这才似乎有些过不去，连忙喊住我们，从桌子的抽屉里拿出一角钱给我们。这样尖酸刻薄的行为，无处不表现岛里细民的小气。真给我一个永世不会忘记的坏印象。

及至我们上了长城丸（日本船名）时，那两个日本茶房也似乎带着些欺侮人的神气。比如开饭的时候，他们总先给日本人开，然后才轮到中国人。至于那些同渡的日本人，有几个男人嘴脸之间时时表现着夜郎自大的气概，——自然也由于我国人太不争气的缘故。——那些日本女人呢，个个对于男人低首下心，柔顺如一只小羊。这虽然惹不起我们对她们的愤慨，却使我们有些伤心，"世界上最没有个性的女性呵，你们为什么情愿作男子的奴隶和傀儡呢！"我不禁大声的喊着，可惜她们不懂我的话，大约以为我是个疯子吧。

总之我对于日本人从来没有好感，豺狼虎豹怎样凶狠恶毒，你们是想像得出来的，而我也同样的想像那些日本人呢。

但是不久我便到了东京，并且在东京住了两个礼拜了。我就觉得我太没出息——心眼儿太窄狭,日本人——在我们中国横行的日本人,当然有些可恨,然而在东京我曾遇见过极和蔼忠诚的日本人,他们对我们客气,有礼貌,而且极热心的帮忙,的确的,他们对待一个异国人,实在比我们更有理智更富于同情些。至于作生意的人,无论大小买卖,都是言不二价,童叟无欺,——现在又遇到我们的邻居胖太太,那种慈和忠实的行为,更使我惭愧我的小心眼了。

我们的可爱的邻居,每天当我们煮饭的时候,她就出现在我们的厨房门口。

"奥サン(太太)要水吗?"柔和而熟习的声音每次都激动我对她的感愧。她是怎样无私的人儿呢!有一天晚上,我从街上回来,穿着一件淡青色的绸衫,因为时间已晏,忙着煮饭,也顾不得换衣服,同时又怕弄脏了绸衫,我就找了一块白包袱权作围裙,胡乱的扎在身上,当然这是有些不舒服的。正在这时候,我们的邻居来了。她见了我这种怪样,连忙跑到她自己房里,拿出一件她穿着过于窄小的白围裙送给我,她说:"我现在胖了,不能穿这围裙,送给你很好。"她说时,就亲自替我穿上,前后端详了一阵,含笑学着中国话道:"很好!很好!"

她胖大的身影，穿过遮住前面房屋的树丛，渐渐的看不见了。而我手里拿着炒菜的勺子，竟怔怔的如同失了魂。唉！我接受了她的礼物，竟忘记向她道谢，只因我接受了她的比衣服更可宝贵的仁爱，将我惊吓住了；我深自忏悔，我知道世界上的人类除了一部分为利欲所沉溺的以外，都有着丰富的同情和纯洁的友谊，人类的大部分毕竟是可爱的呵！

我们的邻居，她再也想不到她在一些琐碎的小事中给了我偌大的启示吧。愿以我的至诚向她祝福！

（原载于1930年12月《妇女杂志》第16卷第12号）

沐 浴

说到人,有时真是个怪神秘的动物,总喜欢遮遮掩掩,不大愿意露真相;尤其是女人,无时无刻不戴假面具,不管老少肥瘠,脸上需要脂粉的涂抹,身上需要衣服的装扮,所以要想赏鉴人体美,是很不容易的。

有些艺术团体,因为画图需要模特,不但要花钱,而且还找不到好的,——多半是些贫穷的妇女,看白花花的洋钱面上,才不惜向人间显示色相,而她们那种不自然的姿势和被物质所压迫的苦相,常常给看的人一种恶感,什么人体美,简直是怪肉麻的丑相。

至于那些上流社会的小姐太太们,若是要想从她们里面发现人体美,只有从细纱软绸中隐约的曲线里去想像了。在西洋有时还可以看见半裸体的舞女,然而那个也还有些人工的装点,说不上赤裸裸的。至于我们礼教森严的中国，那就更不用提了。明明是曲线丰富的女人身体，而束腰扎胸，把个人弄得成了泥塑木雕的偶像了。所以我从来也不曾梦想赏鉴各式各样的人体美。

但是，当我来到东京的第二天，那时正是炎热的盛夏，全身被汗水沸湿，加之在船上闷上好几天，这时要是不洗澡，简直不能忍受下去。然而说到洗澡，不由得我蹙起双眉，为难起来。

洗澡，本是平常已极的事情，何至于如此严重？然而日本人的习惯有些别致。男人女人对于身体的秘密性简直没有。在大街上，可以看见穿着极薄极短的衫裤的男人和赤足的女人。有时从玻璃窗内可以看见赤身露体的女人，若无其事似的，向街上过路的人们注视。

他们的洗澡堂，男女都在一处，虽然当中有一堵板壁隔断了，然而许多女人脱得赤条条的在一个汤池里沐浴，这在我却真是有生以来破题儿第一遭的经验。这不能算不是一个大难关吧。

"去洗澡吧，天气真热！"我首先焦急着这么提议。好吧，拿了澡布，大家预备走的时候，我不由得又踌躇起来。

"呵，陈先生，难道日本就没有单间的洗澡房吗？"我向领导我们的陈先生问了。

"有，可是必须到大旅馆去开个房间，那里有西式盆汤，不过每次总要三四元呢。"

"三四元！"我惊奇的喊着，"这除非是资本家，我们那里洗得起。算了，还是去洗公共盆汤吧。"

陈先生在我决定去向以后，便用安慰似的口吻问我道："不要紧的，我们初来时也觉着不惯，现在也好了。而且非常便宜，每人只用五分钱。"

我们一路谈着，没有多远就到了。他们进了左边门的男汤池去。我呢，也只得推开女汤池这边的门，呵，真是奇观，十几个女人，都是一丝不挂的在屋里。我一面脱鞋，一面踌躇，但是既到了这里，又不能作唐明皇光着眼看杨太真沐浴，只得勉强脱了上身的衣服，然后慢慢的脱衬裙袜子，……先后总费了五分钟，这才都脱完了。急忙拿着一块极大的洗澡毛巾，连遮带掩的跳进温热的汤池里，深深的沉在里面，只露出一个头来。差不多泡了一刻钟，这才出来，找定了一个角落，用肥皂乱擦了一遍，又跳到池子里洗了洗，就算完事大吉。等到把衣服穿起时，我不禁嘘了一口长气，严紧的心脉才渐渐的舒畅了。于是悠然自得的慢慢穿袜子。同时抬眼看着那些浴罢微带娇慵的女人们，她们是多么自然的，对着亮晶晶的壁镜理发擦脸,抹粉涂脂,这时候她们依然是一丝不挂,并且她们忽而起立,忽而坐下,忽而一条腿竖起来半跪着,各式各样的姿势,无不运用自如。我在旁边竟得饱览无余。这时我觉得人体美有时候真值得歌颂,——那细腻的皮肤,丰美的曲线,圆润的足趾,无处不表现着天然的艺术。不过有几个鸡皮鹤发的老太婆,满身都是瘪皱的,那还是披上一件衣服遮丑些。

我一面赏鉴,一面已将袜子穿好,总不好意思再坐着呆看。只得拿了毛巾和换下来的衣服,离开这显示女人色相的地方了。

在回家的路上,我的神经似乎有些兴奋,我想到人间种种的束缚,种种的虚伪,据说这些是历来的圣人给我们的礼赐——尤其严重的是男女之大防,然而日本人似乎是个例外。究竟谁是更幸福些呢?

(原载于1930年12月《妇女杂志》第16卷第12号)

樱花树头

春天到了，人人都兴高采烈盼望看樱花，尤其是一个初到日本留学的青年，他们更是渴慕着名闻世界的蓬莱樱花，那红艳如天际火云，灿烂如黄昏晚霞的色泽真足使人迷恋呢。

在一个黄昏里，那位丰姿翩翩的青年，抱着书包，懒洋洋的走回寓所，正在门口脱鞋的时候，只见那位房东西川老太婆接了出来行了一叩首的敬礼后便说道："陈样（日本对人之尊称）回来了，楼上有位客人在等候你呢！"那位青年陈样应了一声，便匆匆跑上楼去，果见有一人坐在矮几旁翻《东方杂志》呢，听见陈样的脚步声便回过头叫道：

"老陈！今天回来得怎么这样晚呀？"

"老张，你几时来的？我今天因为和一个朋友打了两盘球,所以回来迟些。有什么事?我们有好久不见了。"

那位老张是个矮胖子,说话有点土腔,他用劲的说道:

"没有……什么大事,只是……现在天气很,——好!樱花有的都开了,昨天一个日本朋友——提起来,你大概也认得——就是长泽一郎,他家里有两棵大樱花已开得很好……他请我们明天一早到他家里去看花,你去不?"

"哦,这么一回事呀!那当然奉陪。"

老张跟着又嘻嘻笑道:"他家还有……很好看的漂亮姑娘呢!"

"你这个东西,真太不正经了。"老陈说。

"怎么太不正经呀!"老张满脸正色的说。

"得了!得了!那是人家的女眷,你开什么玩笑,不怕长泽一郎恼你!"老陈又说。

老张露着轻薄的神色笑道:

"日本的女儿,生来就是替男人开……心的呀!在他们德川时代,那一个将军不是把酒与女人看成两件消遣品呢?你不要发痴了,要想替日本女人树贞节坊,那真是太开玩笑了!"

老陈一面蹙眉一面摇头道:"咳!这是怎么说,老张简直愈变愈下流了……正经的说吧,明天我们怎么样去法?"

老张眯着眼想了想道:"明早七点钟我来找你同去好了。"

"好吧!"老陈道:"你今天在这里吃晚饭吧!"

"不!"老张站起来说:"我还要去……看一个朋友,……不打搅你了,明天会吧?"

"明天会!"老陈把老张送到门口回来,吃了晚饭,看了几页书,又写了两封家信就去睡了。

第二天七点钟时,老张果然跑来了。他们穿好衣服便一同到长泽一郎家里去,走到门口已看见两棵大樱花树,高出墙头,那上面花蕊异常稠密,现在只开了一小部分,但是已经很动人了。他们敲了两下门,长泽一郎已迎了出来,请他们在一间六铺席的客堂里坐下。不久,有一个十四五岁的女郎托着一个花漆的茶盘,里面放着三盏新茶,中间还有一把细瓷的小巧茶壶放在他们围坐着的那张小矮几上,一面恭恭敬敬的说了一声"诸位请用茶"。那声音娇柔极了,不禁使老陈抬起头来,只见那女孩头上盘着松松的坠马髻,一张长圆形的脸上,安置着一个端正小巧的鼻子,鼻梁两旁一双日本人特有的水秀细长的眼睛,两片如花瓣的唇含着驯良的微笑——老陈心里暗暗的想道:这个女孩倒不错,只因初次见面不好意思有什么表示。但是老张却张大了眼睛,看着那女孩嘻嘻的笑道:"呵!这位贵娘的相貌真漂亮!"

长泽一郎道:"多谢张样夸奖,这是我的小舍妹,今年才十四岁,年纪还小呢,她还有一个阿姊比她大四岁……"长泽一郎得意扬扬的夸说她的妹子,同时又看了陈样一眼,向老张笑了笑。老张便向他挤眉弄眼的暗传消息。

长泽一郎敬过茶后便站起来道:"我们可以到外面去看樱花吧!"

他们三个一同到了长泽一郎的小花园里,那是一个颇小而布置得有趣的花园;有玫瑰茶花的小花畦,在花畦旁还有几块假山石。长泽一郎同老张走到假山后面去了,这里只剩下老陈。他站在樱花树下,仰着头向上看时,只听见一阵推开玻璃窗的声音,跟着楼窗旁露出一个十八九岁少女的艳影。她身上穿着一件淡绿色大花朵的和服,腰间系了一根藕合色的带子,背上背着一个绣花包袱,那面庞儿和适才看见的那个小女孩有些相像,但是比她更艳丽些。有一枝樱花正伸在玻璃窗旁,那女郎便伸出纤细而白嫩的手摘了一朵半开的樱花,放在鼻旁嗅了嗅,同时低头向老陈嫣然一笑。这真使老陈受宠若惊,连忙低下头装作没理会般。但是觉得那一霎那的印象竟一时抹不掉,不由自主的又抬起头来,而那个拈花微笑的女孩似乎害羞了,别转头去吃吃的笑,这些做作更使老陈灵魂儿飞上半天去了。不过老陈是一个很有操守的青年,而且他去年暑假才同他的爱人结婚,——这一个诱惑其势来得太凶,使老陈不敢兜揽,赶紧悬崖勒马,离开这个危险的处所,去找老张他们。

走到假山后,正见他们两人坐在一张长凳上,见他来了,长泽一郎连忙站起来让座,一面含笑说道:"陈样看过樱花了吗?觉得怎么样?"

老陈应道:"果然很美丽,尤其远看更好,不过没有梅花香味浓厚。"

"是的,樱花的好看只在它那如荼如火的富丽,再过几天我们可以到上野公园去看,那里樱花非常多,要是都开了,倒很有看头呢。"长泽一郎非常热烈的说着。

"那么很好,那一天先生有工夫,我们再来相约吧。我们打搅了一早晨,现在可要告别了。"

"陈样事情很忙吧!那么我们再会吧!"

"再会!"老张老陈说着就离开了长泽一郎家里。在路上的时候,老张嬉皮笑脸的向老陈说道:

"名花美人两争艳,到底是那一个更动心些呢?"老陈被他这一奚落不觉红了脸道:"你满嘴里胡说些什么?"

"得了!别装腔吧!适才我们走出门的时候,还看见人家美目流盼的在送你呢!你念过词没有——若问行人去那边,眉眼盈盈处。真算是为你们写真了。"

老陈急得连颈都红了道:"你真是无中生有,越说越离奇,我现在还要到图书馆去,没工夫和你斗口,改日闲了,再同你慢慢的算账呢!"

"好吧!改天我也正要和你谈谈呢,那么这就分手——好好的当心你的桃花运!"老张狡狯的笑着往另一条路上去了。老陈就到图书馆里看了两点多钟的书,在外面吃过午饭后才回到寓所,正好他的妻子的信到了,他非常高兴拆开读后,便急急的写回信,写到正中,忽然间停住笔,早晨那一出剧景又浮上在心头,但是最后他只归罪于老张的爱开玩笑,一切都只是偶然的值不得什么。这么一想,他的心才安定下来,把其余的半封信续完,又看了些时候的书,就把这天混过去了。第二天是星期一,老早便起来到学校去,走到半路的时候,他忽然想起他到学校去的那条路是要经过长泽一郎的门口的,当他走到长泽一郎家的围墙时,那两棵樱花树枝在温暖的春风里微微向他点头,似乎在说:"早安呵,先生!"这不禁使他站着了。正在这时候，那楼窗上又露出一张熟识的女郎笑靥来，那女郎向他微微点着头，同时伸手折了一枝盛开的樱花含笑的扔了下来，正掉在老陈的脚旁，老陈踌躇了一下，便捡了起来说了一声"谢谢"，又急急的走了。隐隐还听见女郎关玻璃窗的声音，老陈一路走一路捉摸，这果真是偶然吗？但是怎么这样巧，有意吗？太唐突人了。不过老张曾说过日本女人是特别驯良是特别没有身分的，也许是有意吧？管她呢，有意也罢，无意也罢，纵使"小姑居处本无郎"，而"使君自有妇"……或者是我神经过敏，那倒冤枉了人家，不过魔由自招，我明天以后换条路走好了。

过了三四天，老张又来找他，一进门便嚷道：

"老陈！你真是红鸾星照命呵，恭喜恭喜！"

"喂！老张，你真没来由，我那里又有什么红鸾星照命，你不知道我已经结过婚吗？"

"自然！你结婚的时候还请我喝过喜酒，我无论如何不会把这件事忘了，可是谁叫你长得这么漂亮，人家一定要打你的主意，再三央告我作个媒，你想我受人之托怎好不忠人之事呢！"

"难道您不会告诉他我已经结过婚了吗？"老陈焦急

的说。

"唉!我怎么没说过啊,不过人家说你们中国人有的是三房四妾,结过婚,再结一个又有什么要紧。只要分开两处住,不是也很好的吗?"老张说了这一番话,老陈更有些不耐烦了,便道:"老张,你这个人的思想竟是越来越落伍,这个三妻四妾的风气还应当保持到我们这种时代来吗?难道你还主张不要爱情的婚姻吗?你知道爱情是要有专一的美德的啊!"

"老陈,你慢慢的,先别急得脸红筋暴,作媒只管作,允不允还在你。其实我早就知道这事一定是碰钉子的,不过我要你相信我一向的话——日本女人是太没个性,没身分的,你总以为我刻薄,就拿你这回事说吧,长泽一郎为什么要请你看樱花,就是想叫你和他的妹妹见面。他很知道青年人是最易动情的,所以他让他妹妹向你卖尽风情,要使这婚事易于成功……"

"哦!原来如此啊!怪道呢!……"

"你现在明白了吧!"老张插言道:"日本人家里只要有女儿,他便逢人就宣传这个女儿怎样漂亮,怎样贤惠,好像买卖人宣传他的货品一样,唯恐销不出去。尤其是他们觉得嫁给中国留学生是一个最好的机会,因为留学生家里多半有钱,而且将来回国后很容易得到相当的地位,并且中国女人也比较自由舒服。有了这些优点,他情愿把女儿给中国人作妾,而不愿为本国人的妻。所以留学生不和日本女人发生关系的可以说是很难得,而他们对于女人的贞操又根本没有这个观念。日本女人的性的解放在世界上可算首屈一指了,并且和她们发生关系之后,只要不生小孩,你便可以一点责任不负的走开,而那个女孩依然可以光明正大的嫁人。其实呢,讲到贞操本应男女两方面共同遵守才公平。如像我们中国人,专责备女人的贞操而男子眠花宿柳养情妇都不足为怪,倘使那个女孩失去处女的贞洁便终身要为人所轻视,再休想抬头,这种残酷的不平等的习惯当然应当打破。不过像日本女人那样毫没有处女神圣的情感和尊严,也是太可怕的。唷!我是来作媒的,谁知道打开话匣子便不知说到那里去了。怎么样,你是绝对否认的,是不是?"

"当然否认!那还成问题吗?"

"那么我的喜酒是喝不成了。好吧,让我给他一个回话,免得人家盼望着。"

"对了!你快些去吧!"

老张走后,老陈独自睡在地席上看着玻璃窗上静默的阳光,不禁把这件出乎意料的滑稽剧从头到尾想了一遍,心头不免有些不痛快。女权的学说尽管像海潮般涌了起来,其实只是为人类的历史装些好看的幌子,谁曾受到实惠?——尤其是日本女人,到如今还只幽囚在十八层的地狱里呵!难怪社会永远呈露着畸形的病态了!……

(原载于1931年5月《妇女杂志》第17卷第5号)

那个怯弱的女人

我们隔壁的那所房子,已经空了六七天了。当我们每天打开窗子晒阳光时,总有意无意的往隔壁看看。有时我们并且讨论到未来的邻居,自然我们希望有中国人来住,似乎可以壮些胆子,同时也热闹些。

在一天的下午,我们正坐在窗前读小说,忽见一个将近三十岁的男子经过我们的窗口,到后边去找那位古铜色面容而身体胖大的女仆说道:

"哦!大婶,那所房子每月要多少房租啊?"

"先生!你说是那临街的第二家吗?每月十六元。"

"是的,十六元,倒不贵,房主人在这里住吗?"

"你看那所有着绿顶白色墙的房子,便是房主人的家;不过他们现在都出去了。让我引你去看看吧!"

那个男人同着女仆看过以后,便回去了。那女仆经过

我们的窗口,我不觉好奇的问道:

"方才租房子的那个男人是谁?日本人吗?"

"哦!是中国人,姓柯……他们夫妇两个。……"

"他们已决定搬来吗?"

"是的,他们明天下午就搬来了。"

我不禁向建微笑道:"是中国人多好呵?真的,从前在国内时,我不觉得中国人可爱,可是到了这里,我真渴望多看见几个中国人!……"

"对了!我也有这个感想;不知怎么的他们那副轻视的狡猾的眼光,使人看了再也不会舒服。"

"但是,建,那个中国人的样子,也不很可爱呢,尤其是他那撅起的一张嘴唇,和两颊上的横肉,使我有点害怕。倘使是那位温和的陈先生搬来住,又是多么好!建,我真感觉得此地的朋友太少了,是不是?"

"不错!我们这里简直没有什么朋友,不过慢慢的自然就会有的,比如隔壁那家将来一定可以成为我们的朋友!……"

"建,不知他的太太是那一种人?我希望她和我们谈得来。"

"对了!不知道他的太太又是什么样子?不过明天下

午就可以见到了。"

说到这里,建依旧用心看他的小说;我呢,只是望着前面绿森森的丛林,幻想这未来的邻居。但是那些太没有事实的根据了,至终也不曾有一个明了的模型在我脑子里。

第二天的下午,他们果然搬来了,汽车夫扛着沉重的箱笼,喘着放在地席上,发出些许的呼声。此外还有两个男人说话和布置东西的声音。但是还不曾听见有女人的声音,我悄悄从竹篱缝里望过去,只看见那个姓柯的男人,身上穿了一件灰色的绒布衬衫,鼻梁上架了一副罗克式的眼镜,额前的头发蓬蓬的盖到眼皮,他不时用手往上梳掠,那嘴唇依然撅着,两颊上一道道的横肉,依然惹人害怕。

"建,奇怪,怎么他的太太还不来呢?"我转回房里对建这样说。建正在看书,似乎不很注意我的话,只"哦"了声道:"还没来吗?"

我见建的神气是不愿意我打搅他,便独自走开了。借口晒太阳,我便坐在窗口,正对着隔壁那面的竹篱笆。我只怔怔的盼望柯太太快来。不久,居然看见门前走进一个二十多岁的少妇;穿着一件紫色底子上面有花条的短旗袍，脚上穿的是一双黑色高跟皮鞋，剪了发，向两边分梳着。身量很矮小，脸子也长得平常，不过比柯先生要算强点。她手里提了一个白花布的包袱，走了进来。她的影子在我眼前撩过去以后，陡然有个很强烈的印象黏在我的脑膜上，一时也抹不掉。——这便是她那双不自然的脚峰，和她那种移动呆板直撅的步法，仿佛是一个装着高脚走路的，木硬无生气。这真够使人不痛快。同时在她那脸上，近俗而简单的表情里，证明她只是一个平凡得可以的女人，很难引起谁对她发生什么好感，我这时真是非常的扫兴！

建，他现在放了书走过来了。他含笑说：

"隐，你在思索什么？……隔壁的那个女人来了吗？"

"来是来了，但是呵，……"

"但是怎么样？是不是样子很难惹？还是过分的俗不可耐呢？"

我摇头应道："难惹倒不见得，也许还是一个老好人。然而离我的想像太远了，我相信我永不会喜欢她的。真的！建，你相信吗？我有一种可以自傲的本领，我能在见任何人的第一面时，便已料定那人和我将来的友谊是怎样的。我举不出什么了不起的理由；不过最后事实总可以证明我的直觉是对的。"

建听了我的话，不回答什么，只笑笑，仍回到他自己的屋子里去了。

我的心怏怏的，有一点思乡病。我想只要我能回到那些说得来的朋友面前，便满足了。我不需要更多认识什么新朋友，邻居与我何干？我再也不愿关心这新来的一对，仿佛那房子还是空着呢！

几天平平安安的日子过去了。大家倒能各自满意。忽然有一天，大约是星期一吧，我因为星期日去看朋友，回来很迟；半夜里肚子疼起来，星期一早晨便没有起床。建为了要买些东西，到市内去了。家里只剩我独自一个，静悄悄的正是好睡。陡然一个大闹声，把我从梦里惊醒，竟自出了一身冷汗。我正在心跳着呢，那闹声又起来了。先是砰磅砰磅的响，仿佛两个东西在扑跌；后来就听见一个人被捶击的声音，同时有女人尖锐的哭喊声：

"噯唷！你打死人了！打死人了！"

呀！这是怎样可怕的一个暴动呢？我的心更跳得急，汗珠儿沿着两颊流下来，全身打颤。我想，"打人……打死人了！"唉！这是多么严重的事情！然而我没有胆量目击这个野蛮的举动。但隔壁女人的哭喊声更加凄厉了。怎么办呢？我听出是那个柯先生在打他矮小的妻子了。不问谁是有理，但是女人总打不过男人；我不觉有些愤怒了。大声叫道："野蛮的东西！住手！在这里打女人，太不顾国家体面了呀！……"但是他们的打闹哭喊声竟压过我这微弱的呼喊。我正在想从被里跳起来的时候，建正好回来了。我便叫道："隔壁在打架，你快去看看吧！"建一面踌躇，一面自言自语道："这算是干什么的呢？"我不理他，又接着催道："你快去呀！你听，那女人又在哭喊'打死人了！'……"建被我再三催促，只得应道："我到后面找那个女仆一同去吧！我也是奈何不了他们。"

不久就听见那个老女仆的声音道："柯样！这是为什么？不能，不能，你不可以这样打你的太太！"捶击的声音停了，只有那女人呜咽悲凉的高声哭着。后来仿佛听见建在劝解柯先生，——叫柯先生到外面散散步去。——他们两人走了。那女人依然不住声的哭。这时那女仆走到我们这边来了，她满面不平的道："柯样不对！……他的太太真可怜！……你们中国也是随便打自己的妻子吗？"

"不！"我含羞的说道："这不是中国上等人能作出来的行为，他大约是疯子吧！"老女仆叹息着走了。

隔壁的哭声依然继续着。使得我又烦躁又苦闷。掀开棉被，坐起来，披上一件大衣，把头发拢拢，就跑到隔壁去。只见那位柯太太睡在四铺地席的屋里,身上盖着一床红绿道的花棉被,两泪交流的哭着。我坐在她身旁劝道:"柯太太,不要伤心了!你们夫妻间什么不了的事呢?"

"唛唷!黄样,你不知道,我真是一个苦命的人呵!我的历史太悲惨了,你们是写小说的人,请你们替我写写。唛!我是被人骗了哟!"

她无头无尾的说了这一套,我简直如堕入五里雾中,只怔怔的望着她,后来我就问她道:

"难道你家里没有人吗?怎么他们不给你作主?"

"唉!黄样,我家里有父亲,母亲,还有哥哥嫂嫂,人是很多的。不过这其中有一个缘故,就是我小的时候我父亲替我定下了亲,那是我们县里一个土财主的独子。他有钱,又是独子,所以他的父母不免太纵容了他,从小就不好生读书,到大了更是吃喝嫖赌不成材料。那时候我正在中学读书,知识一天一天开了。渐渐对于这种婚姻不满意。到我中学毕业的时候,我就打算到外面来升学。同时我非常不满意我的婚姻,要请求取消婚约。而我父亲认为这个婚姻对于我是很幸福的,就极力反对。后来我的两个堂房侄儿,他们都是受过新思潮洗礼的,对于我这种提议倒非常表同情。并且答应帮助我,不久他们到日本来留学,我也就随后来了。那时日本的生活,比现在低得多,所以他们每月帮我三四十块钱,我倒也能安心读书。

"但是不久我的两个侄儿都不在东京了。一个回国服务,一个到九州进学校去了。只剩下我一个人在东京。那时我是住在女生寄宿舍里。当我侄儿临走的时候,他便托付了一位同乡照应我,就是柯先生,所以我们便常常见面,并且我有什么疑难事,总是去请教他,请他帮忙。而他也非常殷勤的照顾我。唉!黄样!你想我一个天真烂漫的女孩,那里有什么经验?那里猜到人心是那样险诈?……

"在我们认识了几个月之后,一天,他到寄宿舍来看我,并且约我到井之头公园去玩。我想同个朋友出去逛逛公园,也是很平常的事,没有理由拒绝人家,所以我就和他同去了。我们在井之头公园的森林里的长椅上坐下,那里是非常寂静,没有什么游人来往,而柯先生就在这种时候开始向我表示他对我的爱情。——唉!说的那些肉麻话,到现在想来,真要脸红。但在那个时候,我纯洁的童心里是分别不出什么的,只觉得承他这样的热爱,是应当有所还报的。当他要求和我接吻时,我就对他说:'我一个人跑到日本来读书,现在学业还没有成就,那能提到婚姻上去？即使要提到这个问题，也还要我慢慢想一想；就是你，也应当仔细思索思索。'他听了这话，就说道：'我们认识已经半年了，我认为对你已十分了解，难道你还不了解我吗？……'那时他仍然要求和我接吻，我说你一定要吻就吻我的手吧；而他还是坚持不肯。唉，你想我一个弱女子，怎么强得过他，最后是被他占了胜利。从此以后，他向我追求得更加厉害。又过了几天，他约我到日光去看瀑布，我就问他：'当天可以回来吗？'他说：'可以的。'因此我毫不迟疑的便同他去了。谁知在日光玩到将近黄昏时，他还是不肯回来，看看天都快黑了，他才说：'现在已没有火车了，我们只好在这里过夜吧！'我当时不免埋怨他，但他却作出种种哀求可怜的样子，并且说，倘使我再拒绝他的爱，他立即跳下瀑布去。唉！这些恐吓欺骗的话，当时我都认为是爱情的保障，后来我就说：'我就算答应你，也应当经过正当的手续呵！'他于是就发表他对于婚姻制度的意见，极力毁诋婚姻制度的坏习，结局他就提议我们只要两情相爱，随时可以共同生活。我就说：'倘使你将来负了我呢？'他听了这话立即发誓赌咒，并且还要到铁铺里去买两把钢刀，各人拿一把，倘使将来谁背叛了爱情，就用这刀取掉谁的生命。我见这种信誓旦旦的热烈情形,简直不能再有所反对了,我就说:'只要你是真心爱我,那倒用不着耍刀弄枪的,不必买了吧!'他说,'只要你允许了我,我就一切遵命。'

"这一夜我们就找了一家旅馆住下,在那里我们私自结了婚。我处女的尊严,和未来的光明,就在沉醉的一霎那中失掉了。"

"唉!黄样……"

柯太太述说到这里,又禁不住哭了。她呜咽着说:"从那夜以后,我便在泪中过日子了!因为当我同他从日光回来的时候,他仍叫我回女生寄宿舍去,我就反对他说:'那不能够,我们既已结了婚,我就不能再回寄宿舍去过那含愧疚心的生活。'他听了这话,就变了脸说:'你知道我只是一个学生,虽然每月有七八十元的官费,但我还须供给我兄弟的费用。'在这种情形之下,我不免气愤道:'柯泰南,你是个男子汉,娶了妻子能不负养活的责任吗?当时求婚的时候,你不是说我以后的一切事都由你负责吗?'他被我问得无言可答,便拿起帽子走了,一去三四天不回来,后来由他的朋友出来调停,才约定在他没有毕业的时期,我们的家庭经济由两方彼此分担——在那时节我侄儿还每月寄钱来,所以我也就应允了。在这种条件之下,我们便组织了家庭。唉!这只是变形的人间地狱呵,在我们私自结婚的三个月后,我家里知道这事,就写信给我,叫我和柯泰南非履行结婚的手续不可。同时又寄了一笔款作为结婚时的费用;由我的侄儿亲自来和柯办交涉。柯被迫无法,才勉强行过结婚礼。在这事发生以后,他对我更坏了。先是骂,后来便打起来了。喉!我头一个小孩怎么死的呵?就是因为在我怀孕八个月的时候,他把我打掉了的。现在我又已怀孕两个月了,他又是这样将我毒打。你看我手臂上的伤痕!"

柯太太说到这里,果然将那紫红的手臂伸给我看。我禁不住一阵心酸,也陪她哭起来。而她还在继续的说道:"唉!还有多少的苦楚,我实在没心肠细说。你们看了今天的情形,也可以推想到的。总之,柯泰南的心太毒,到现在我才明白了,他并不是真心想同我结婚,只不过拿我耍耍罢了!"

"既是这样,你何以不自己想办法呢?"我这样对她说了。

她哭道:"可怜我自己一个钱也没有!"

我就更进一步的对她说道："你是不是真觉得这种生活再不能维持下去？"

她说："你想他这种狠毒，我又怎么能和他相处到老？"

"那么，我可要说一句不客气的话了。"我说，"你既是在国内受过相当的教育，自谋生计当然也不是绝对不可能，你就应当为了你自身的幸福，和中国女权的前途，具绝大的勇气，和这恶魔的环境奋斗，干脆找个出路。"

她似乎被我的话感动了，她说："是的，我也这样想过，我还有一个堂房的姊姊，她在京都，我想明天先到京都去，然后再和柯泰南慢慢的说话！"

我握住她的手道："对了！你这个办法很好！在现在的时代，一个受教育有自活能力的女人，再去忍受从前那种无可奈何的侮辱，那真太没出息了。我想你也不是没有思想的女人，纵使离婚又有什么关系？倘使你是决定了，有什么用着我帮忙的地方，我当尽力！……"

说到这里，建和柯泰南由外面散步回来了。我不便再说下去，就告辞走了。

这一天下午，我看见柯太太独自出去了，直到深夜才回来。第二天我趁柯泰南不在家时，走过去看她，果然看见地席上摆着捆好的行李和箱笼，我就问道："你吃了饭吗？"

她说："吃过了，早晨剩的一碗粥，我随便吃了几口。唉！气得我也不想吃什么！"

我说："你也用不着自己戕贼身体，好好的实行你的主张便了。你几时走？"

她正伏在桌上写行李上的小牌子，听见我问她，便抬头答道："我打算明天乘早车走！"

"你有路费吗？"我问她。

"有了，从这里到京都用不了多少钱，我身上还有十来块钱。"

"希望你此后好好努力自己的事业，开辟一个新前途，并希望我们能常通消息。"我对她说到这里，只见有一个男人来找她，——那是柯泰南的朋友，他听见他们夫妻决裂，特来慰问的。我知道再在那里不便，就辞了回来。

第二天我同建去看一个朋友，回来的时候，已经下午七点了。走过隔壁房子的门外，忽听有四五个人在谈话，而那个捆好了行李，决定今早到京都去的柯太太，也还是谈话会中之一员。我不免低声对建说："奇怪，她今天怎么又不走了？"

建说:"一定他们又讲和了!"

"我可不能相信有这样的事!并不是两个小孩子吵一顿嘴,隔了会儿又好了!"我反对建的话。但是建冷笑道:"女孩儿有什么胆量?有什么独立性?并且说实在话,男人离婚再结婚还可以找到很好的女子,女人要是离婚再嫁可就难了!"

建的话何尝不是实情,不过当时我总不服气,我说:"从前也许是这样,可是现在的时代不是从前的时代呵!纵使一辈子独身,也没有什么关系,总强似受这种的活罪。哼!我不瞒你说,要是我,宁愿给人家去当一个佣人,却不甘心受他的这种凌辱而求得一碗饭吃。"

"你是一个例外;倘使她也像你这么有志气,也不至于被人那样欺负了。"

"得了,不说吧!"我拦住建的话道:"我们且去听听他们开的什么谈判。"

似乎是柯先生的声音,说道:"要叫我想办法,第一种就是我们干脆离婚。第二种就是她暂时回国去;每月生活费,由我寄日金廿元,直到她分娩两个月以后为止。至于以后的问题,到那时候再从长计议。第三种就是仍旧维持现在的样子,同住下去,不过有一个条件,我的经济状况只是如此,我不能有丰富的供给,因此她不许找我麻烦。这三种办法随她选一种好了。"

但是没有听见柯太太回答什么,都是另外诸个男人的声音,说道:"离婚这种办法,我认为你们还不到这地步。照我的意思,还是第二种比较稳当些。因为现在你们的感情虽不好,也许将来会好,所以暂时隔离,未尝没有益处,不知柯太太的意思以为怎样?……"

"你们既然这样说,我就先回国好了。只是盘费至少要一百多块钱才能到家,这要他替我筹出来。"

这是柯太太的声音,我不禁喉了一声。建接着说:"是不是女人没有独立性?她现在是让步了,也许将来更让一步,依旧含着苦痛生活下去呢!……"

我也不敢多说什么了,因为我也实在不敢相信柯太太作得出非常的举动来,我只得自己解嘲道:"管她三七二十一,真是吹皱一池春水,干卿底事?……我们去睡了吧。"

他们的谈判直到夜深才散。第二天我见着柯太太,我真有些气不过,不免讥讽她道:"怎么昨天没有走成呢?柯太太,我还认为你已到了京都呢!"她被我这么一问,不免红着脸说:"我已定规月底走!……"

"哦,月底走!对了,一切的事情都是慢慢的预备,是不是?"她真羞得抬不起头来,我心想饶了她吧,这只是一个怯弱的女人罢了。

果然建的话真应验了,已经过了两个多月,她还依然没走。"唉!这种女性!"我最后发出这样叹息了,建却含着胜利的笑。……

(原载于1931年6月《妇女杂志》第17卷第6号)

柳岛之一瞥

我到东京以后，每天除了上日文课以外，其余的时间多半花在漫游上。并不是一定自命作家，到处采风问俗；只是为了满足我的好奇心，同时又因为我最近的三四年里，困守在旧都的灰城中，生活太单调，难得有东来的机会，来了自然要尽量的享受了。

人间有许多秘密的生活，我常抱有采取各种秘密的野心。但据我想像最秘密而且最足以引起我好奇心的，莫过于娼妓的生活。自然这是因为我没有逛妓女的资格，在那些惯于章台走马的王孙公子们看来，那又算得什么呢？

在国内时，我就常常梦想：哪一天化装成男子，到妓馆去看看她们轻颦浅笑的态度，和纸迷金醉的生活，也许可以从那里发现些新的人生。不过，我的身材太矮小，装男子不够格，又因为中国社会太顽固，不幸被人们发现，不一定疑神疑鬼的加上些什么不堪的推测。我存了这个怀惧，绝对不敢轻试。——在日本的漫游中，我又想起这些有趣的探求来。有一天早晨，正是星期日，补习日文的先生有事不来上课，我同建坐在六铺席的书房间，秋天可爱的太阳，晒在我们微感凉意的身上；我们非常舒适的看着窗外的风景。在这个时候，那位喜欢游逛的陆先生从后面房子里出来，他两手插在磨光了的斜纹布的裤袋里，拖着木屐，走近我们书屋的窗户外，向我们用日语问了早安，并且说道："今天天气太好了，你们又打算到那里去玩吗？"

"对了，我们很想出去，不过这附近的几处名胜，我们都走遍了，最好再发现些新的；陆样，请你替我们作领导，好不好？"建回答说。

陆样哦了一声，随即仰起头来，向那经验丰富的脑子里，搜寻所谓好玩的地方，而我忽然心里一动，便提议道："陆样，你带我们去看看日本娼妓生活吧！"

"好呀！"他说，"不过她们非到四点钟以后是不作生意的，现在去太早了。"

"那不要紧，我们先到郊外散步，回来吃午饭，等到三点钟再由家里出发，不就正合适了吗？"我说。建听见我这话，他似乎有些诧异，他不说什么，只悄悄的瞟了我一眼。我不禁说道："怎么，建，你觉得我去不好吗？"建还不曾回答。而陆样先说道："那有什么关系，你们写小说的人，什么地方都应当去看看才好。"建微笑道："我并没有反对什么，她自己神经过敏了！"我们听了这话也只好一笑算了。

午饭后，我换了一件西式的短裙和薄绸的上衣。外面罩上一件西式的夹大衣，我不愿意使她们认出我是中国人。日本近代的新妇女，多半是穿西装的。我这样一打扮，她们绝对看不出我本来的面目。同时，陆样也穿上他那件蓝地白花点的和服，更可以混充日本人了。据陆样说日本上等的官妓，多半是在新宿这一带，但她们那里门禁森严，女人不容易进去。不如到柳岛去。那里虽是下等娼妓的聚合所，但要看她们生活的黑暗面，还是那里看得逼真些。我们都同意到柳岛去。我的手表上的短针正指在三点钟的时候，我们就从家里出发，到市外电车站搭车，——柳岛离我们的住所很远，我们坐了一段市外电车，到新宿又换了两次的市内电车才到柳岛。那地方似乎是东京最冷落的所在，当电车停在最后一站——柳岛驿——的时候，我们便下了车。当前有一座白石的桥梁，我们经过石桥,沿着荒凉的河边前进,远远看见几根高矗云霄的烟筒,据说那便是纱厂。在河边接连都是些简陋的房屋,多半是工人们的住家。那时候时间还早,工人们都不曾下工。街上冷冷落落的只有几个下女般的妇人,在街市上来往的走着。我虽仔细留心,但也不曾看见过一个与众不同的女人。我们由河岸转弯,来到一条比较热闹的街市,除了几家店铺和水果摊外,我们又看见几家门额上挂着"待合室"牌子的房屋。那些房屋的门都开着,由外面看进去,都有一面高大的穿衣镜,但是里面静静的不见人影。我不懂什么叫作"待合室",便去问陆样。他说,这种"待合室"专为一般嫖客,在外面钓上了妓女之后,便邀着到那里去开房间。我们正在谈论着,忽见对面走来一个姿容妖艳的女人,脸上涂着极厚的白粉,鲜红的嘴唇,细弯的眉梢,头上梳的是蟠龙髻;穿着一件藕合色绣着凤鸟的和服,前胸袒露着,同头项一样的僵白,真仿佛是大理石雕刻的假人,一些也没有肉色的鲜活。她用手提着衣襟的下幅,姗姗的走来。陆样忙道:"你们看,这便是妓女了。"我便问他怎么看得出来。他说:"你们看见她用手提着衣襟吗?她穿的是结婚时的礼服,因为她们天天要和人结婚,所以天天都要穿这种礼服,这就是她们的标识了。"

"这倒新鲜!"我和建不约而同的这样说了。

穿过这条街,便来到那座"龟江神社"的石牌楼前面。陆样告诉我们这座神社是妓女们烧香的地方,同时也是她们和嫖客勾诱的场合。我们走到里面,果见正当中有一座庙,神龛前还点着红蜡和高香,有几个艳装的女人在那里虔诚顶礼呢。庙的四面布置成一个花园的形式,有紫藤花架,有花池,也有石鼓形的石凳。我们坐在石凳上休息,见来往的行人渐渐多起来,不久工厂放哨了,工人们三五成群从这里走过。太阳也下了山,天色变成淡灰,我们就到附近中国料理店吃了两碗荞麦面,那时候已快七点半了。陆样说:"正是时候了,我们去看吧。"我不知为什么有些胆怯起来,我说:"她们看见了我,不会和我麻烦吗?"陆样说:"不要紧,我们不到里面去,只在门口看看也就够了。"我虽不很满意这种办法,可是我也真没胆子冲进去,只好照陆样的提议作了。我们绕了好几条街,好容易才找到目的地,一共约有五六条街吧,都是一式的白木日本式的楼房,陆样和建在前面开路,我像怕猫的老鼠般,悄悄怯怯的跟在他俩的后面。才走进那胡同,就看见许多阶级的男人,——有穿洋服的绅士,有穿和服的浪游者;还有穿制服的学生,和穿短衫的小贩。人人脸上流溢着欲望的光炎,含笑的走来走去。我正不明白那些妓女都躲在什么地方,这时我已来到第一家的门口了。那纸隔扇的木门还关着。但再一仔细看,每一个门上都有两块长方形的空隙处,就在那里露出一个白石灰般的脸,和血红的唇的女人的头。谁能知道这时她们眼里是射的那种光?她们门口的电灯特别的阴暗,陡然在那淡弱的光线下,看见了她们故意作出的娇媚和淫荡的表情的脸;禁不住我的寒毛根根竖了起来。我不相信这是所谓人间,我仿佛曾经经历过一个可怕的梦境:我觉得被两个鬼卒牵到地狱里来。在一处满是脓血腥臭的院子里,摆列着无数株艳丽的名花,这些花的后面,都藏着一个缺鼻烂眼,全身毒疮溃烂的女人。她们流着泪向我望着,似乎要向我诉说什么;我吓得闭了眼不敢抬头。忽然那两个鬼卒,又把我带出这个院子!在我回头再看时,那无数株名花不见踪影,只有成群男的女的骷髅,僵立在那里。"呀!"我为惊怕发出惨厉的呼号,建连忙回头问道:"隐,你怎么了?……快看,那个男人被她拖进去了。"这时我神志已渐清楚,果然向建手所指的那个门看去,只见一个穿西服的男人,用手摸着那空隙处露出来的脸,便听那女人低声喊道:"请,哥哥……洋哥哥来玩玩吧!"那个男人一笑，木门开了一条缝，一只纤细的女人的手伸了出来，把那个男人拖了进去。于是木门关上，那个空隙处的纸帘也放下来了，里面的电灯也灭了。……

我们离开这条胡同，又进了第二条胡同，一片"请呵，哥哥来玩玩"的声音，在空气中震荡。假使我是个男人，也许要觉得这娇媚的呼声里，藏着可以满足我欲望的快乐，因此而魂不守舍的跟着她们这声音进去的吧。但是实际我是个女人，竟使那些娇媚的呼声，变了色彩。我仿佛听见她们在哭诉她们的屈辱和悲惨的命运。自然这不过是我的神经作用。其实呢，她们是在媚笑，是在挑逗，引动男人迷荡的心。最后她们得到所要求的代价了。男人们如梦初醒的走出那座木门，她们重新在那里招徕第二个主顾。我们已走过五条胡同了。当我们来到第六条胡同口的时候，看见第二家门口走出一个穿短衫的小贩。他手里提着一根白木棍，笑迷迷的，似乎还在那里回味什么迷人的经过似的。他走过我们身边时，向我看了一眼，脸上露出惊诧的表情，我连忙低头走开。但是最后我还逃不了挨骂。当我走到一个没人照顾的半老妓女的门口时，她正伸着头在叫："来呵！可爱的哥哥，让我们快乐快乐吧！"一面她伸出手来要拉陆样的衣袖。我不禁"呀"了一声，——当然我是怕陆样真被她拖进去，那真太没意思了。可是她被我这一声惊叫，也吓了一跳，等到仔细认清我是个女人时，她竟恼羞成怒的骂起我来。好在我的日本文不好，也听不清她到底说些什么，我只叫建快走，我逃出了这条胡同，便问陆样道："她到底说些什么？"陆样道："她说你是个摩登女人，不守妇女清规，也跑到这个地方来逛，并且说你有胆子进去吗？"这一番话，说来她还是存着忠厚呢！我当然不愿怪她，不过这一来我可不敢再到里边去了。而陆样和建似乎还想再看看。他们说："没关系，我们既来了，就要看个清楚。"可是我极力反对，他们只好随我回来了。在归途上，我问陆样对于这一次漫游的感想，他说："当我头一次看到这种生活时，的确心里有些不舒服；不过看过几次之后，也就没有什么了。"建他是初次看，自然没有陆样那种镇静，不过他也不像我那样神经过敏。我从那里回来以后，差不多一个月里头每一闭眼就看见那些可怕的灰白脸，听见含着罪恶的"哥哥！来玩"的声音。这虽然只是一瞥，但在心幕上已经留下不可磨灭的印象了！

（原载于1931年7月《妇女杂志》第17卷第7号）

井之头公园

自从我们搬到市外以来，天气渐渐冷快了。当那些将要枯黄的毛豆叶子，和白色的小野菊，一丛丛由草堆里钻出头来，还有小朵的黄色紫色的野花，在凉劲的秋风中抖颤，景象是最容易勾起人们的秋思，使人兴"帘卷西风人比黄花瘦"的感慨。

这种心情是包含着怅惘，同时也有兴奋，很难平心静气的躲在单调的书房里工作。而且窗外蔚蓝色的天空，和淡金色的秋阳，还有挟了桂花香的冷风，这一切都含着极强的挑拨人们心弦的力量，我们很难勉强继续死板的工作了。吃了午饭以后，建使提议到附近吉祥寺的公园去看风景；在三点十分的时候，我们已到了那里。从电车轨道绕过，就是一条石子大马路，前面有一座高耸的木牌坊，上面写着几个很大的汉字：井之头恩赐公园。过了牌坊，便见马路旁树木浓密,绿荫沉沉,徒然有一种幽秘的意味萦缠着我们的心情,使人想像到深山的古林中,一个披着黄金色柔发赤足娇孏而拖着丝质白色的长袍的仙女,举着短笛在白毛如雪的羊群中远眺沉思。或是孤独的诗人,抱着满腔的诗思,徘徊于这浓绿森翠的帷幔下歌颂自然。我们自己漫步其中,简直不能相信这仅仅是一个人间的公园而已。

走过这一带的森林,前面露出一条鹅卵石堆成的斜坡路,旁边植着修剪整齐的冬青树,阵阵的青草香从风里吹过来。我们慢慢的散着步,只觉心神爽疏,尘虑都消。下了斜坡,徒见面前立着一所小巧的日本式茶馆,里面陈设着白色的坐垫和红漆的矮几,两旁柜台上摆着水果及各种的零食。

"呵,这个地方多么眼熟呀!"我不禁失声喊了出来。于是潜伏于心底的印象,如蛰虫经过春雷的震撼惊醒起来。唉,这时我简直被那种感怀往事的情绪所激动了,我的双眼怔住了,胸膈间充塞着怅惘,心脉紧急的搏动着,眼前分明的现出那些曾被流年蹂躏过的往事。

唉!往事!只是不堪回首的往事哟!

那一群骄傲于幸福的少女们,正憧憬于未来的希望中,享乐于眼前的风光里;当她将由学校毕业的那一年夏天,曾随着她们的师长,带着欢乐的心情渡过日本海,来访蓬莱的名胜。那时候恰是暮春的天气,温和的杨柳风,和到处花开如锦的景色,更使她们乐游忘倦了。当她们由上野公园看过樱花的残妆后,便回到东京市内,第二天清晨便乘电车到井之头公园里来,为了奔走的疲倦也曾到这所小茶馆休息过——大家团团围着矮几坐下,酌着日本的清茶,嚼着各式的甜点心;有几个在高谈阔论,有几个在低歌宛转;她们真如初出谷的雏莺,只觉到处都是生机。的确,她们是被按在幸福之神的两臂中,充满了青春的爱娇和快乐活泼的心情:这是多么值得艳羡的人生呵!

但是,谁能相信今天在这里低徊感叹的我,也正是当年幸福者之一呢!哦,流年,残刻的流年哟!它带走了我的青春,它蹂躏了我的欢乐,而今旧地重游,当年的幸福都变成可诅咒的回忆了!

嗳!这仅仅是七年后的今天呀,这短短的七年中,我走的是什么样的人生的路?我迎接的是那一种神明?唉!我攀缘过陡峭的崖壁,我曾被陨坠于险恶的幽谷;虽是恶作剧的运命之神,它又将我由死地救活,使我更忍受由心头滴血的痛苦,它要我吮干自己的血,如像喝玫瑰酒汁般。幸福之神，他遗弃我，正像遗弃他的仇人一样。这时我禁不住流出辛酸的泪滴，连忙躲开这激动情感的地方，向前面野草丛中，花径不扫的密松林里走去。忽然听见一阵悲恻的唏嘘，我仿佛望到张着黑翅的秋神，徘徊于密叶背后；立时那些枝柯，都抖颤起来，草底下的促织和纺车儿也都凄凄切切奏着哀乐；我也禁不住全身发冷，不敢再向前去，便在路旁的长木凳上坐了。我用凝涩的眼光，向密遮的矮树丛隙睁视，不时看见那潆潆的碧水，经过一阵秋风后水面上涌起一层细微的波纹来，两个少女乘着一只小划子在波心摇着划桨，低低的唱着歌。我看到这里，又无端伤感起来，觉得喉头哽塞，不知不觉叹道："故国不堪回首呵！"同时那北海的绿漪清波便浮现在眼前，那些携了情侣的男男女女，恐怕也正摇着划桨指点眼前倩丽的秋景低语款款吧！况且又是菊茂蟹肥的时候，长安市上正不少欢乐的宴聚；这被摒弃在异国的漂泊者，当然再也没有人想起她了。不过她却晨夕常怀着祖国，希望得些国内的好消息呢。并且她的神经又是怎样的过敏呵，她竟会想到树叶凋落的北平市，凄风吹着，冷雨洒着那些穷苦无告的同胞正向阴暗的苍穹哭号。唉！破碎紊乱的祖国呵，北海的风光能掩盖那凄凉的气象吗？来今雨轩的灯红酒绿能够安慰忧惧的人心吗?这一切我都深深的怀念着呵!

连环不断的忧思占据了我整个的心灵,眼底的景色我竟无心享受了。我忙忙辞别了曾经二度拜访过的井之头公园。虽然如少女酡颜的枫叶,我还不曾看过,而它所给我灵魂的礼赠已经太多了,真的,太多了哟!

(原载于1931年2月25日《北平晨报》副刊)

烈士夫人

异国的生涯，使我时时感到陌生和漂泊。自从迁到市外以来，陈样和我们隔得太远，就连这唯一的朋友也很难有见面的机会。我同建只好终日幽囚在几张席子的日本式的房屋里读书写文章——当然这也是我们的本分生活，一向所企求的，还有什么不满足，不过人总是群居的动物，不能长久过这种单调的生活而不感到不满意。

在一天早饭后，我们正在那临着草原的窗子前站着，——这一带的风景本不坏，远远有滴翠的群峰，稍近有万株矗立的松柯，草原上虽仅仅长些蓼荻同野菊，但色彩也极鲜明，不过天天看，也感不到什么趣味。我们正发出无聊的叹息时，忽见从松林后面转出一位中年以上的女人。她穿着黑色白花纹的和服，拖着木屐往我们的住所的方向走来，渐渐近了，我们认出正是那位嫁给中国人的柯太太。咦！这真仿佛是那稀有而陡然发现的空谷足音，使我们惊喜了，我同建含笑的向她点头。

来到我们屋门口，她脱了木屐上来了，我们请她在矮几旁的垫子上坐下，她温和的说：

"怎么，你们住得惯吗？"

"还算好，只是太寂寞些。"我有些怅然的说。

"真的。"建接着说，"这四周都是日本人，我们和他们言语不通，很难发生什么关系。"

柯太太似乎很了解我们的苦闷，在她沉思以后，便替我们出了以下的一条计策。她说："我方才想起在这后面西川方里住着一位老太婆，她从前曾嫁给一个四川人，她对于中国人非常好，并且她会煮中国菜，也懂得几句中国话。她原是在一个中国人家里帮忙，现在她因身体不好，暂且在这里休息。我可以去找她来，替你们介绍，以后有事情尽可请她帮忙。"

"那真好极了，就是又要麻烦柯太太了！"我说。

"哦，那没有什么，黄样太客气了。"柯太太一面谦逊着，一面站起来，穿了她的木屐，绕过我们的小院子，往后面那所屋里去。我同建很高兴的把坐垫放好，我又到厨房打开瓦斯管，烧上一壶开水。一切都安排好了，恰好柯太太领着那位老太婆进来,——她是一个古铜色面孔而满嘴装着金牙的硕胖的老女人,在那些外表上自然引不起任何人的美感,不过当她慈和同情的眼神射在我们身上时,便不知不觉想同她亲近起来。我们请她坐下,她非常谦恭伏在席上向我们问候。我们虽不能直接了解她的言辞,但那种态度已够使我们清楚她的和蔼与厚意了。我们请柯太太当翻译随意的谈着。

在这一次的会见之后,我们的厨房里和院子中便时常看见她那硕大而和蔼的身影。当然,我对于煮饭洗衣服是特别的生手,所以饭锅里发出焦臭的气味,和不曾拧干的衣服,从晒竿上往下流水等一类的事情是常有的;每当这种时候,全亏了那位老太婆来解围。

那一天上午因为忙着读一本新买来的日语文法,煮饭的时候完全"心不在焉",直到焦臭的气味一阵阵冲到鼻管时,我才连忙放下书,然而一锅的白米饭,除了表面还有几颗淡黄色的米粒可以辨认,其余的简直成了焦炭。我正在不知所措的时候,那位老太婆也为着这种浓重的焦臭气味赶了来。她不说什么,立刻先把瓦斯管关闭,然后把饭锅里的饭完全倾在铅筒里,把锅拿到井边刷洗干净;这才重新放上米,小心的烧起来。直到我们开始吃的时候,她才含笑的走了。

我们在异国陌生的环境里，居然遇到这样热肠无私的好人，使我们忘记了国籍，以及一切的不和谐，常想同她亲近。她的住室只和我们隔着一个小院子。当我们来到小院子里汲水时，便能看见她站在后窗前向我们微笑；有时她也来帮我，抬那笨重的铅筒，有时闲了，她便请我们到她房里去坐，于是她从橱里拿出各式各种的糖食来请我们吃，并教我们那些糖食的名词；我们也教她些中国话。就在这种情形之下，大家渐渐也能各抒所怀了。

在一个星期六的下午，建同我都不到学校去。天气有些阴，阵阵初秋的凉风吹动院子里的小松树，发出竦竦的响声。我们觉得有些烦闷，但又不想出去，我便提议到附近点心铺里买些食品，请那位老太婆来吃茶；既可解闷，又应酬了她。建也赞成这个提议。

不久我们三个人已团团围坐在地席上的一张小矮几旁，喝着中国的香片茶。谈话的时候，我们便问到她的身世，——我们自从和她相识以来，虽然已经一个多月了，而我们还不知道她的姓名，平常只以"オバサン"（伯母之意）相称。当这个问题发出以后，她宁静的心不知不觉受了撩拨，在她充满青春余辉的眸子中宣示了她一向深藏的秘密。

"我姓斋滕,名叫半子。"她这样的告诉我们以后,忽然由地席上站了起来,一面向我鞠躬道:"请二位稍等一等,我去取些东西给你们看。"她匆匆的去了。建同我都不约而同的感到一种新奇的期待,我们互相沉默的猜想着等候她。约莫过了十分钟她回来了,手里拿着一个淡灰色绵绸的小包,放在我们的小茶几上。于是我们重新围着矮几坐下,她珍重的将那绵绸包袱打开,只见里面有许多张的照片,她先拣了一张四寸半身的照像递给我们看,一面叹息着道:"这是我二十三年前的小照,光阴比流水还快,唉,现在已这般老了。你们看我那时是多么有生机?实在的,我那时有着青春的娇媚——虽然现在是老了!"我听了她的话,心里也不免充满无限的惆怅,默然的看着她青春时的小照。我仿佛看见可怕的流光的锤子,在捣毁一切青春的艺术。现在的她和从前的她简直相差太远了,除了脸的轮廓还依稀保有旧时的样子,其余的一切都已经被流光伤害了。那照片中的她,是一个细弱的身材,明媚的目睛,温柔的表情,的确可以使一般青年沉醉的,我正在呆呆的痴想时,她又另递给我一张两人的合影:除了年青的她以外,身旁边站着一个英姿焕发的中国青年。

"这位是谁？"建很质直的问她。

"哦，那位吗？就是我已死去的丈夫呵！"她答着话时，两颊上露出可怕的惨白色，同时她的眼圈红着。我同建不敢多向她看，连忙想用别的话混过去，但是她握着我的手，悲切的说道："唉，他是你们贵国一个可钦佩的好青年呢，他抱着绝大的志愿，最后他是作了黄花岗七十二个烈士中的一个，他死的时候仅仅二十四岁呢，也正是我们同居后的第三年……"

老太婆说到这些事上，似乎受不住悲伤回忆的压迫，她低下头抚着那些像片，同时又在那些像片堆里找出一张六寸的照像递给我们看道："你看这个小孩怎样？"我拿过照片一看，只见是个十五六岁的男孩，穿着学生装，含笑的站在那里，一双英敏的眼眸很和那位烈士相像，因此我一点不迟疑的说道："这就是你们的少爷吗？"她点头微笑道："是的，他很有他父亲的气概咧。"

"他现在多大了，在什么地方住，怎么我们不曾见过呢？"

"唉！"她叹了一口气道，"他今年二十一岁了，已经进了大学，但是……"说到这里，她的眼皮垂下来了，鼻端不住的掀动，似乎正在那里咽她的辛酸泪液；这使我觉得窘迫了,连忙装作拿开水兑茶,走出去了!建也明白我的用意,站起来到外面屋子里去拿点心;过了些时,我们才从新坐下,请她喝茶,吃糖果,她向我们叹口气道:"我相信你们是很同情我的,所以我情愿将我的历史告诉你们:我家里的环境,一向都不很宽裕,所以在我十八岁的时候,我便到东京来找点职业作。后来遇到一个朋友,他介绍我在一个中国人的家里当使女,每月有十五块钱的工资,同时吃饭住房子都不成问题。这是对于我很合宜的,所以就答应下来。及至到了那里,才知道那是两个中国学生合租的贷家,他们没有家眷,每天到大学里去听讲,下午才回来。事情很简单,这更使我觉得满意,于是就这样答应下来。我从此每天为他们收拾房间,煮饭洗衣服,此外有的是空闲的时间,我便自己把从前在高等学校所读过的书温习温习,有时也看些杂志,遇到不明白的地方,常去请求那两位中国学生替我解释。他们对于我的勤勉,似乎都很为感动,在星期日没有什么事情的时候,便和我谈论日本的妇女问题,等等。这两个青年中有一位姓余的,他是四川人,对我更觉亲切。渐渐的我们两人中间就发生了恋爱,不久便在东京私自结了婚。我们自从结婚后,的确过着很甜蜜的生活;所使我们觉得美中不满足的，就是我的家族不承认这个婚姻，因此我们只能过着秘密的结婚生活。两年后我便怀了孕，而余君便在那一年的暑假回国。回国以后，正碰到中国革命党预备起事的时期，他为了爱祖国，不顾一切的加入工作，所以暑假后他就不曾回日本来。过了半年多，便接到黄花岗七十二烈士遭难的消息，而他的噩耗也同时传了来。唉！可怜我的小孩，也就在他死的那一个月中诞生了。唉！这个可怜的一生下来就没有父亲的小孩，叫我怎样安排？而且我的家族既不承认我和余君的婚姻，那么这个小孩简直就算是个私生子，绝不容我把他养在身边。我没有办法，恰好我的妹子和妹夫来看我，见了这种为难，就把孩子带回去作为她的孩子了。从此以后，我的孩子便姓了我妹夫的姓，与我断绝母子关系；而我呢，仍在外面帮人家作事，不知不觉已过了二十多年，……"

"呵，原来她还是烈士夫人呢！"建悄悄的对我说。

"可不是吗？……但她的境遇也就够可怜了。"我说。

建和我都不免为她叹息，她似乎很感激我们对她的同情，紧紧握着我的手，好久才说道："你们真好呵！"一面含笑将绸包收起告辞走了。

过了两个月，天气渐渐冷了，每天自己作饭洗碗够使人麻烦的，我便和建商议请那位烈士夫人帮帮我们。但我们经济很穷，只能每月出一半的价钱，不知道她肯不肯就近帮帮忙，因此我便去找柯太太请她代我们接洽。

那时柯太太正坐在回廊晒太阳，见我们来了，便让我们也坐在那里谈话，于是我便把来意告诉她。柯太太笑了笑道："这正太不巧，……不然的话那个老太婆为人极忠厚，绝不会不帮你们的。不过现在她正预备嫁人，恐怕没有工夫吧！"

"呀，嫁人吗？"我不禁陡然的惊叫起来道，"这真是想不到的事，她现在将近五十岁的人，怎么忽然间又思起凡来呢？"

柯太太听了这话也不禁笑了起来，但同时又叹了一口气道："自然，她也有她的苦痛，照我看来，以为她既已守了二十多年寡，断不至再嫁了。不过，她从前的结婚始终是不曾公布的，她娘家父母仍认为她没有结婚，并且余先生家里她势不能回去。而她的年纪渐渐老上来，孤孤单单一个无依无靠的人，将来死了都找不到归宿，所以她现在决定嫁了。"

"嫁给什么人？"建问。

"一个日本老商人，今年有五十岁吧！"

"倒也是个办法！"建含笑的说。

他这句话不知为什么惹得我们全笑起来。我们谈到这里，便告辞回去。在路上恰好遇见那位烈士夫人，据说她本月就要结婚，但她脸上依然憔悴颓败，再也看不出将要结婚的喜悦来。

真的，人们都传说，"她是为了找死所而结婚呢！"呵！妇女们原来还有这种特别的苦痛！……

（原载于1931年9月《妇女杂志》第17卷第9号）

辑四

月下的回忆

灵魂的伤痕

我没有事情的时候，往往喜欢独坐深思，这时我便把我自己站在高高的地方，——暂且和那旅馆作别，不轩敞的屋子——矮小的身体——和——深闭的窗子——两只懒睁开的眼睛——我远远的望着，觉得也有可留恋的地方，所以我虽然和他是暂别，也不忍离他太远，不过在比较光亮的地方，玩耍些时，也就回来了。

有一次我又和我的旅馆分别了，我站在月亮光底下，月亮光的澄澈便照见了我的全灵魂。这时自己很骄傲的，心想我在那矮小旅馆里，住得真够了，我的腰向来没伸直过，我的头向来没抬起来过，我就没有看见完全的我到底是什么样子，今天夜里我可以伸腰了！我可以抬头了！我可以看见我自己了！月亮就仿佛是反光镜，我站在他的面前，我是透明的，我细细看着月亮中透明，自己十分的得意。后来我忽发现在我的心房的那里，有一个和豆子般的黑点，我不禁吓了一跳，不禁用手去摩，谁知不动还好，越动着这个黑点越大，并且觉得微微发痛了！黑点的扩张竟把月亮遮了一半，在那黑点的圈子里，不很清楚的影片一张一张的过去了，我把我所看见的记下来：

　　眼前一所学校门口挂着一个木牌，写的是：京都市立高等女学校。我走进门来，觉得太阳光很强，天气有些燥热，外围的气压，使得我异常沉闷，我到讲堂里看她们上课，有的作刺绣，有的作裁缝，有的作算学，她们十分的忙碌，我十分的不耐烦，我便悄悄的出了课堂的门，独自站在院子里，想借着松林里吹来的风，和绿草送过来的草花香，医医我心头的燥闷。不久下堂了，许多学生站在石阶上，和我同进去的参观的同学也出来了，我们正和她们站个面对面，她们对我们作好奇的观望，我们也不转眼的看着她们。在她们中间，有一个穿着紫色衣裙的学生，走过来和我们谈话，然而她用的是日本语言，我们一句也不能领悟，石阶上她的同学们都拍着手笑了。她羞红了两颊，低头不语，后来竟用手巾拭起泪来，我们满心罩住疑云，狭窄的心，也几乎迸出急泪来！

　　我们彼此忙忙的过了些时，她忽然蹲在地下，用一块石头子,在土地上写道:"我是中国厦门人"。这几个字打到大家眼睛里的时候,都不禁发出一声惊喜,又含着悲哀的叹声来!

那时候我站在那学生的对面,心里似喜似悲的情绪,又勾起我无穷的深思。我想,我这次离开我自己的家乡,到此地来,不是孤寂的,我有许多同伴,我,不是漂泊天涯的客子,我为什么见了她——听说是同乡,我就受了偌大的刺激呢?……但是想是如此想,无奈理性制不住感情。当她告诉我,她在这里,好像海边一只雁那么孤单,我竟为她哭了。她说她想说北京话,而不能说,使她的心急得碎了,我更为她止不住泪了!她又说她的父母现在住在台湾,她自幼就看见台湾不幸的民族的苦况,……她知道在那里永没有发展的机会,所以她才留学到此地来,……但她不时思念祖国,好像想她的母亲一样,她更想到北京去,只恨没有能力,见了我们增无限的凄楚!她伤心得哭肿了眼睛,我看着她那暗淡的面容,莹莹的泪光;我实在觉得十分刺心,我亦不忍往下看了,也忍不住往下听了!我一个人走开了,无意中来到一株姿势苍老的松树底下来。在那树荫下,有一块平滑的白石头,石头旁边有一株血般的红的杜鹃花,正迎风作势;我就坐在石上，对花出神；无奈兴奋的情绪，正好像开了机关的车轮，不绝的旋转。我想到她孤身作客——她也许有很好的朋友，但是不自然的藩篱，已从天地开始，就布置了人间，她和她们能否相容，谁敢回答呵！

她说她父亲现在台湾，使我不禁更想到台湾，我的朋友招治——她是一个台湾人——曾和我说："进了台湾的海口，便失了天赋的自由；若果是有血气的台湾人，一定要为应得的自由而奋起，不至像夜般的消沉！""唉！这话能够细想吗？我没有看见台湾人的血，但是我却看见眼前和血一般的杜鹃花了；我没有听见台湾人的悲啼，我却听见天边的孤雁嘹栗的哀鸣了！"

呵！人心是肉作的。谁禁得起铁锤打，热炎焚呢？我听见我心血的奔腾了，我感到我鼻管的酸辣了！我也觉得热泪是缘两颊流下来了！

天赋我思想的能力，我不能使他不想；天赋我沸腾的热血，我不能使他不沸；天赋我泪泉，我不能使他不流！

呵！热血沸了！

泪泉涌了！

我不怕人们的冷嘲，也不怕泪泉有干枯的时候。

呵！热血不住的沸吧！

泪泉不竭的流吧!

万事都一瞥过去了,只灵魂的伤痕,深深的印着!

(原载于1922年8月11日《时事新报·文学旬刊》第46号)

月下的回忆

晚凉的时候，困倦的睡魔都退避了，我们便乘兴登大连的南山，在南山之巅，可以看见大连全市。我们出发的时候，已经是暮色苍茫，看不见娇媚的夕阳影子了。登山的时候，眼前模糊，只隐约能辨人影；漱玉穿着高底皮鞋，几次要摔倒，都被淡如扶住，因此每人都存了戒心，不敢大意了。

到了山巅，大连全市的电灯，如中宵的繁星般，密密层层满布太空，淡如说是钻石缀成的大衣，披在淡装的素娥身上，漱玉说比得不确，不如说我们乘了云梯，到了清虚上界，下望诸星，吐豪光千丈的情景为逼真些。

他们两人的争论，无形中引动我们的幻想，子豪仰天吟道："举首问明月，不知天上今夕是何年？"她的吟声未竭，大家的心灵都被打动了，互相问道："今天是阴历几时？有月亮吗？"有的说十五；有的说十七；有的说十六；漱玉高声道："不用争了。今日是十六，不信看我的日记本去！"子豪说："既是十六，月光应当还是圆的，怎么这时候还没有看见出来呢？"淡如说："你看那两个山峰的中间一片红润；不是月亮将要出来的预兆吗？"我们集中目力，都望那边看去了，果见那红光越来越红，半边灼灼的天，像是着了火，我们静悄悄的望了些时，那月儿已露出一角来了；颜色和丹砂一般红，渐渐大了也渐渐淡了，约有五分钟的时候，全个团团的月儿，已经高高站在南山之巅，下窥芸芸众生了。我们都拍着手，表示欢迎的意思。子豪说："是我们多情欢迎明月？还是明月多情，见我们深夜登山来欢迎我们呢？"这个问题提出来后，大家议论的声音，立刻破了深山的寂静，和夜的消沉，那酣眠高枝的鹧鸪也吓得飞起来了。

淡如最喜欢在清澈的月下，妩媚的花前，作苍凉的声音读诗吟词，这时又在那里高唱南唐李后主的《虞美人》，诵到"故国不堪回首月明中"声调更加凄楚；这声调随着空气震荡，更轻轻浸进我的心灵深处；对着现在玄妙笼月的南山的大连，不禁更回想到三日前所看见污浊充满的大连，不能不生一种深刻的回忆了！

在一个广场上，有无数的儿童，拿着几个球在那里横穿竖冲的乱跑，不久铃声响了，一个一个和一群蜜蜂般的涌进学校门去了。当他们往里走的时候，我脑膜上已经张好了白幕，专等照这形形式式的电影，顽皮没有礼貌的行动，憔悴带黄色的面庞，受压迫含抑闷的眼光，一色色都从我面前过去了，印入心幕了。

进了课堂，里头坐着五十多个学生，一个三十多岁，有一点胡须的男教员，正在那里讲历史，"支那之部"四个字端端正正写在黑板上，我心里忽然一动，我想大连是谁的地方啊？

用的可是日本的教科书——教书的又是日本教员——这本来没有什么，教育和学问是没有国界的，除了政治的臭味——他是不许藩篱这边的人和藩篱那边的人握手，以外人们的心都和电流一般相通的——这个很自然……

"这是那里来的，不是日本人吗？"靠着我站在这边的两个小学生在那窃窃私语，遂打断我的思路，只留心听他们的谈话。过了些时，那个较小的学生说，"这是支那北京来的，你没有看见先生在揭示板写的告白吗？"我听了这口气真奇怪，分明是日本人的口气，原来大连人已受了软化了吗？不久，我们出了这课堂，孩子们的谈论听不见了。

那一天晚上,我们住的房子里,灯光格外明亮;在灯光之下有一个瘦长脸的男子,在那里指手画脚演说:"诸君!诸君!你们知道用玛琲培成的果子,给人吃了,比那百万雄兵的毒还要大吗?教育是好名词,然而这种含毒质的教育,正和玛琲果相同……你们知道吗?大连的孩子谁也不晓得有中华民国呵!他们已经中了玛琲果的毒了!……

"中了毒无论怎样,终久是要发作的,你看那一条街上是西岗子一连有一千余家的暗娼,是谁开的?原来是保护治安的警察老爷,和暗探老爷们勾通地棍办的,警察老爷和暗探老爷,都是吃了玛琲果子的大连公学校的卒业生呵!"

他说到那里,两个拳头不住在桌上乱击,口里不住的诅咒,眼泪不竭的涌出,一颗赤心几乎从嘴里跳了出来!歇了一歇他又说:——

"我有一个朋友,在一天下午,从西岗子路过;就见那灰色的墙根底下每一家的门口,都有一个邪形鸠面的男子蹲在那里,看见他走过去的时候,由第一个人起,连续着打起呼啸来。这种奇异的暗号,真是使人惊吓,好像一群恶魔要捕人的神气。更奇怪的，打过这呼啸以后立刻各家的门又都开了；有妖态荡气的妇人，向外探头，我那个朋友，看见她们那种样子，已明白她们要强留客人的意思，只得低下头，急急走过。经过她们门前，有的捉他的衣袖，有的和他调笑，幸亏他穿的是西装，她们不知道他到底是什么来历，不敢过于造次，他才得脱了虎口。当他才走出胡同口的时候，从胡同的那一头，来了一个穿着黄灰色短衣裤的工人；他们依样的作那呼啸的暗号；他回头一看，那人已被东首第二家的一个高颧骨的妇人拖进去了！"

唉！这不是玛琲果的种子，开的沉沦的花吗？

我正在回忆从前的种种，忽漱玉在我肩上击了一下说："好好的月亮不看却在这漆黑树影底下发什么怔。"

漱玉的话打断我的回忆，现在我不再想什么了，东西张望，只怕辜负了眼前的美景！

远远的海水，放出寒栗的光芒来；我寄我的深愁于流水，我将我的苦闷付清光；只是那多事的月亮，无论如何把我尘浊的影子，清清楚楚反射在那块白石头上；我对着她，好像怜她，又好像恼她；怜她无故受尽了苦痛的磨折！恨她为什么自己要着迹，若没这有形的她，也没有这影子的她了,无形无迹,又何至被有形有迹的世界折磨呢?……连累得我的灵魂受苦恼……

夜深了!月儿的影子偏了,我们又从来处去了。

(原载于1922年10月10日《小说月报》第13卷第10号)

监守自盗

听说中国也有法律，法律也是保障民权，制裁人们行为的那一套原理。可是吾辈愚民，所见不广，只觉那法律作怪只会向小百姓瞪眼发威，那些衮衮诸公，何尝把法律这小子放在眼里呢？哦，是了，我想起来了，墨子曾经有这么一句话："窃国者侯，窃钩者诛"，使我恍然明白从古及今，中国一切的法律，都只限于约束小百姓；而衮衮诸公呢，那是特殊阶级，是孟轲所说的治人阶级，所以法在小民，刑在小民而皆不上衮衮诸公。因此失地万里的将军，涂炭人民的元帅，尽可以挟带金宝美姬，逍遥于法外，当政诸公，连正眼都不敢向他望一望了！

中国法律的效用，既是如此这般，而今甚嚣尘上之"监守自盗"的案件，能不能绳之以法，以昭公允，我们也就可想而知了。崔振华女士究竟太相信正义了，谓予不信,且大睁着眼看吧!虽然某夫人,在挑选皮货时,被崔女士亲眼看见,但这又有什么关系呢?这原是因为皮货不能久藏,所以衮衮诸公议决出卖,这一个监守自盗的嫌疑,就这样轻描淡写的有了交代。此外如古字书画籍等,也不是永远不坏的东西,当然也可以那一天随他们的高兴出卖了,但这些有时间性的皮货与字书画等籍等,既不能保存于公共场所,却偏能保存于私人箱箧中,岂不令人费解?又岂是买皮货和字画等的人,算盘不精吗?而且既是公决出卖,尽可大大方方,为什么要那么门禁森严,玩得那么神秘呢?

哈哈!神秘的中国法律,神秘的中国政治,更神秘的是衮衮诸公的心肠,吾辈愚民只有向此神秘之神,神秘的膜拜了,尚何言哉!尚何言哉!

(原载于1933年7月21日《时事新报》副刊)

愧

在整理旧稿时，发现了一个孩子给我的信，那是一颗如水晶般透明的心，热诚的贡献给我，而且这个孩子，正走到满是荆棘的园地里，家庭使他受苦，社会又使他惶惑，他那颗稚嫩的心，便开始受伤，隐隐的滴血。正在这时候，他抓住了我，叫道："老师！你领导我呀，你给我些止血的圣药呀！"唉，伟大这霎时间，在我心灵中闪光，我觉得我的确充着力量，而且我很愿意，摧毁一切的虚伪，一样的把我赤裸裸的心，贡献于他。于是两颗无疵无瑕的心，携着手，互相的抚摸安慰。

但恶魔从暗陬里闪了进来，把我灵宫中昙花一现的神光遮蔽了，在渐积的世故人情的威权下，我忽略了那孩子所贡献给我的心，他是那样饥饿的盼望我的救助，而我只是淡淡的对他一瞥便躲开了。

残酷的流年，变迁了一切，这颗孩子的心，恐也不免被渐积的世故人情所污染，这自然未必都是我的错，可是在事隔五年的今天，翻出那孩子所给我心的供状。我的脸不禁火般的灼热：我的心难免战抖，呵，我怎能避免良心的鞭策？

而且就是如今，我仍继续着，干这残忍的勾当，我不能如我想像般应付那些透明孩子的心，当她们将纯洁的心泪，流向我面前时，只有我受恩惠，因为在那一霎时，我真烛见无掩无饰的人生，而我又给他们些什么呢？

惭愧，我对于一切的孩子的心抱愧，在这谲诡奸诈的社会里，孩子们从所谓教育家那里所能得到，仅是一些龌龊的人世经验。唉，这个世界上只有孩子才配称得起人们之师吧！

（原载于1933年7月28日《时事新报》副刊）

夏的歌颂

出汗不见得是很坏的生活吧,全身感到一种特别的轻松。尤其是出了汗去洗澡,更有无穷的舒畅,仅仅为了这一点,我也要歌颂夏天。

其久被压迫,而要挣扎过——而且要很坦然的过去,这也不是毫无意义的生活吧,——春天是使人柔困,四肢瘫软,好像受了酒精的毒,再无法振作;秋天呢,又太高爽,轻松使人忘记了世界上有骆驼——说到骆驼,谁也不忘不了它那高峰凹谷之间的重载,和那慢腾腾,不尤不怨的往前走的姿势吧!冬天虽然是风雪严厉,但头脑尚不受压扎。只有夏天,它是无隙不入的压迫你,你每一个毛孔,每一根神经,都受着重大的压扎;同时还有臭虫蚊子苍蝇助虐的四面夹攻,这种极度紧张的夏日生活,正是训练人类变成更坚强而有力量的生物。因此我又不得不歌颂夏天！

　　二十世纪的人类，正度着夏天的生活——纵然有少数阶级，他们是超越天然，而过着四季如春享乐的生活，但这太暂时了，时代的轮子，不久就要把这特殊的阶级碎为齑粉，——夏天的生活是极度紧张而严重，人类必要努力的挣扎过，尤其是我们中国不论士农工商军，那一个不是喘着气，出着汗，与紧张压迫的生活拼命呢？脆弱的人群中，也许有诅咒，但我却以为只有虔敬的承受，我们尽量的出汗，我们尽量的发泄我们生命之力，最后我们的汗液，便是甘霖的源泉，这炎威逼人的夏天，将被这无尽的甘霖所毁灭，世界变成清明爽朗。

　　夏天是人类生活中，最雄伟壮烈的一个阶段，因此，我永远的歌颂它。

（原载于1933年8月2日《时事新报》副刊）

恋爱不是游戏

没有在浮沉的人海中,翻过筋斗的和尚,不能算善知识;没有受过恋爱洗礼的人生,不能算真人生。

和尚最大的努力,是否认现世而求未来的涅槃,但他若不曾了解现世,他又怎能勘破现世,而跳出三界外呢?

而恋爱是人类生活的中心,孟子说:"食色,性也。"所谓恋爱正是天赋之本能;如一生不了解恋爱的人,他又何能了解整个的人生?

所以凡事都从学习而知而能,只有恋爱用不着学习,只要到了相当的年龄,碰到合适的机会,他和她便会莫明其妙的恋爱起来。

恋爱人人都会,可是不见得人人都懂。世俗大半以性欲伪充恋爱,以游戏的态度处置恋爱,于是我们时刻可看到因恋爱而不幸的记载。

实在的恋爱绝不是游戏,也绝不是堕落的人生所能体验出其价值的,它具有引人向上的鞭策力,它也具有伟大无私的至上情操,它更是美丽的象征。

在一双男女正纯洁热爱着的时候,他和她内心充实着惊人的力量;他们的灵魂是从万有的束缚中,得到了自由,不怕威胁,不为利诱;他们是超越了现实,而创造他们理想的乐园。

不幸物欲充塞的现世界,这种恋爱的光辉,有如萤火之微弱,而且"恋爱"有时适成为无知男女堕落之阶,使维纳司不禁深深的叹息:

"自从世界人群趋向灭亡之途,恋爱变成了游戏,哀哉!"

(原载于1933年8月4日《时事新报》副刊《青光》)

花瓶时代

这不能不感谢上苍，它竟大发慈悲，感动了这个世界上傲岸自尊的男人，高抬贵手，把妇女释放了，从奴隶阶级中解放了出来。现代的妇女，大可扬眉吐气的走着她们花瓶时代的红运，虽然花瓶，还只是一件玩艺儿，不过比起从前被锁在大门以内作执箕帚，和泄欲制造孩子的机器，似乎多少差强人意吧！

至少花瓶是一种比较精致的器具，可以装饰在堂皇富丽的大厅里，银行的柜台畔，办公室的桌子上，可以引起男人们超凡入圣的美感，把男人们堕落的灵魂，从十八层地狱中，提上人世界；有时男人们工作疲倦了，正要咒诅生活的枯燥，乃一举眼视线不偏不倚的，投射到花瓶上，全身紧张着的神经轻松了，趣味油然而生。这不是花瓶的价值和对人类的贡献吗？唉，花瓶究竟不是等闲物呀！

但是花瓶们,且慢趾高气扬,你就是一只被诗人济慈所歌颂过的古希腊名贵的花瓶,说不定有一天,要被这些欣赏而鼓舞着你们的男人们,嫌你们中看不中吃,砰的一声把你们摔得粉碎呢!

所以这个花瓶的命运,究竟太悲惨;你们要想自救,只有自己决心把这花瓶的时代毁灭,苦苦修行,再入轮回,得个人身,才有办法。而这种苦修全靠自我的觉醒。不能再妄想从男人们那里求乞恩惠,如果男人们的心胸,能如你们所想像的伟大无私,那么,这世界上的一切幻梦,都将成为事实了!而且男人们的故示宽大,正足使你们毁灭,不要再装腔作势,搔首弄姿的在男人面前自命不凡吧!花瓶的时代,正是暴露人类的羞辱与愚蠢呵!

(原载于1933年8月11日《时事新报》副刊《青光》)

我愿秋常驻人间

提到秋,谁都不免有一种凄迷哀凉的色调,浮上心头;更试翻古往今来的骚人、墨客,在他们的歌咏中,也都把秋染上凄迷哀凉的色调,如李白的《秋思》:"……天秋木叶下,月冷莎鸡悲,坐愁群芳歇,白露凋华滋。"柳永的《雪梅香辞》:"景萧索,危楼独立面晴空,动悲秋情绪,当时宋玉应同。"周密的《声声慢》:"……对西风休赋登楼,怎去得,怕凄凉时节,团扇悲秋。"

这种凄迷哀凉的色调,便是美的元素,这种美的元素只有"秋"才有。也只有在"秋"的季节中,人们才体验得去,因为一个人在感官被极度的刺激和压扎的时候,常会使心头麻木。故在盛夏闷热时,或在严冬苦寒中,心灵永久如虫类的蛰伏。等到一声秋风吹到人间,也正等于一声春雷,震动大地,把一些僵木的灵魂如虫类般的唤醒了。

灵魂既经苏醒，灵的感官便与世界万汇相接触了。于是见到阶前落叶萧萧下，而联想到不尽长江滚滚来，更因其特别自由敏感的神经，而感到不尽的长江是千古常存，而倏忽的生命，譬诸昙花一现。于是悲来填膺，愁绪横生。

这就是提到秋，谁都不免有一种凄迷哀凉的色调，浮上心头的原因了。

其实秋是具有极丰富的色彩，极活泼的精神的，它的一切现象，并不像敏感的诗人墨客，所体验的那种凄迷哀凉。

当霜薄风清的秋晨，漫步郊野，你便可以看见如火般的颜色染在枫林，柿丛，和浓紫的颜色泼满了山巅天际，简直是一个气魄伟大的画家的大手笔，任意趣之所之，勾抹涂染，自有其雄伟的丰姿，又岂是纤细的春景所能望其项背？

至于秋风的犀利，可以洗尽积垢，秋月的明澈，可以照烛幽微；秋是又犀利又潇洒，不拘不束的一位艺术家的象征。这种色调，实可以苏息现代困闷人群的灵魂，因此我愿秋常驻人间！

（原载于1933年8月18日《时事新报》副刊）

男人和女人

一个男人,正阴谋着要去会他的情人。于是满脸柔情的走到太太的面前,坐在太太所坐的沙发椅背上,开始他的忏悔:"琼,在这个世界上只有你能谅解我——第一你知道我是一个天才,琼多幸福呀,作了天才者的妻!这不是你时常对我的赞扬吗?"

太太受催眠了,在她那感情多于意志的情怀中,漾起爱情至高的浪涛。男人早已抓住这个机会,接着说道:"天才的丈夫,虽然可爱,但有时也很讨厌,因为他不平凡,所以平凡的家庭生活,绝不能充实他深奥的心灵,因此必须另有几个情人,但是琼你要放心,我是一天都离不得你的,我也永不会同你离婚,总之你是我的永远的太太,你明白吗?我只为要完成伟大的作品,我不能不恋爱,这一点你一定能谅解我,放心我的,将来我有所成就，都是你的赐予。琼，你够多伟大呀！尤其是在我的生命中。"

太太简直为这技巧的情感所屈服了，含笑的送他出门——送他去同情人幽会。她站在门口，看着那天才的丈夫，神光奕奕的走向前去，她觉得伟大，骄傲，幸福，真是那世修来这样一个天才的丈夫！

太太回到房里，独自坐着，渐渐感觉得自己的周围，空虚冷寂，再一想到天才的丈夫，现在正抱在另一个女人的怀里："这简直是侮辱，不对，这样子妥协下去，总是不对的。"太太陡然如是觉悟了，于是"娜拉"那个新典型的女人，逼真的出现在她心头："娜拉的见解不错，抛弃这傀儡家庭，另找出路是真理！"太太急步跑上楼，从床底下拖出一只小提箱来，把一些换洗的衣服装进去。正在这个时候，门砰的一声响，那个天才的丈夫回来了，看见太太的气色不大对，连忙跑过来搂着太太认罪道："琼！恕我，为了我们两个天真的孩子您恕我吧！"

太太看了这天才的丈夫，柔驯得像一只绵羊，什么心肠都软了，于是自解道："娜拉究竟只是易卜生的理想人物呀!"跟着箱子恢复了它原有的地位,一切又都安然了!

男人就这样永远获得成功,女人也就这样万劫不复的沉沦了!

(原载于1933年8月25日《时事新报》副刊《青光》)

© 民主与建设出版社，2019

图书在版编目（CIP）数据

辜负人间不值得 / 庐隐著. — 北京：民主与建设出版社，2019.6
ISBN 978-7-5139-2462-7

Ⅰ. ①辜… Ⅱ. ①庐… Ⅲ. ①散文集－中国－现代 Ⅳ. ① I266

中国版本图书馆 CIP 数据核字（2019）第 072110 号

辜负人间不值得
GUFU RENJIAN BUZHI DE

出 版 人	李声笑
著　　者	庐　隐
责任编辑	刘　艳
封面设计	末末美书
出版发行	民主与建设出版社有限责任公司
电　　话	（010）59417747　59419778
社　　址	北京市海淀区西三环中路 10 号望海楼 E 座 7 层
邮　　编	100142
印　　刷	三河市金泰源印务有限公司
版　　次	2019 年 6 月第 1 版
印　　次	2019 年 6 月第 1 次印刷
开　　本	787mm×1092mm　1/32
印　　张	8
字　　数	128 千字
书　　号	ISBN 978-7-5139-2462-7
定　　价	36.00 元

注：如有印、装质量问题，请与出版社联系。